一年櫻班開學了

鹿港少女1

嶺月 著

曹俊彥 繪

推薦序

鹿港・嶺月與我

許雪姬
中央研究院臺灣史研究所所長

如果早一點看過嶺月的「鹿港少女」一書，我在她逝去的一九九八年以前，應該有認識她的機會。

我的鹿港巡禮圈

第一次到鹿港應該是大學時代，再到鹿港就是在二十世紀的最後十年。那十年是我和鹿港結緣最深的時代。當時鹿港收藏家溫文卿先生找我去鹿港看他的收藏，我帶著助理欣然而去，從此和鹿港結下不解之緣。

透過溫先生等人引導，我了解鹿港、喜歡上了鹿港。為了往後替鹿港小鎮效勞，我飽讀了有關鹿港的相關研究論著，看相關小說，查遍鹿港鎮公所民政課典藏的「宗教管理」檔案，同時也吃盡鹿港各式小吃，更走遍鹿港的大街小巷，尋找傳統建築、覓尋有登記的大廟和沒登記的小廟，早上訪板店，晚上訪問一面做敇馬、經衣的司公。

縱使往後我每幾年才去一次鹿港，但鹿港已經是我的心靈故鄉。只要去鹿港，我會在中山路上走一回，聽聽在其他地方聽不到的鹿港腔，走在一九三四年因進行市區改正而被拆除的「不見天」（蓋頂的五福街，由土城口到北頭，今中山路），到玉珍齋附近的菜市場吃碗鴨肉羹，或者進入市場吃魚丸湯，再到天后宮繞一圈，然後到蘇府王爺廟，再到新祖宮、繞往大將爺廟，經左羊到龍山寺，再走到文武廟，回到全忠旅社投宿。隔天一早去吃碗麵線糊，才開始辦正事。那就是我在鹿港的巡禮圈。

嶺月的家

我對丁家的興趣，始於普查鹿港的傳統民宅。一直想參觀丁宅，但苦於丁家面向中山路的店面租給了叫「美男裝」的時裝店，我一時膽怯不敢進入。正好多年好友林會承教授承接丁宅的調查研究，找了歷史科班出身的李昭容來寫丁家的歷史。他介紹李昭容給我，於是地頭蛇的她帶我直闖「美男裝」，由店面（一九三四年市區改正時被拆掉此店面之前的一間半）經過深井、照廳、中井、大廳，大約有三百一十多坪。小說中嶺月和丁家的孩童一起玩捉迷藏，若不限制躲藏的地點，確有可能找不到人。

《一年櫻班 開學了》在丁宅的場景，我都能掌握。嶺月她家是六房，進士丁壽泉的後代，住在左邊。由於面對中山路的店家櫛比鱗次，無法看出格局，在李昭容的帶領下，我們爬上了屋頂，才得以拍出一張「新協源丁宅屋頂鳥瞰中庭」的照片。

書中最令我難忘的是寫她堂姊「芸姊」因思想問題惹禍的事。我猜「芸姐」是丁瑞圖養女丁韻仙，在賴和的〈獄中日記〉一文中，能看到她和賴和關在同一所監獄。若能參看丁韻仙接受張炎憲的訪問紀錄，就能更明白這段歷史。書中藉著生活中面臨的「金供出」、掠「闇」、鄰組、躲空襲、轟炸的慘狀，讓我們由嶺月的敘事，了解戰爭後期人們面對的生活與政治壓力。這是走過那個時代人的共同經歷，在當時人的日記和口訪中，都可以找到相映的事實。

再見了，老三甲

這本小說中，嶺月所敘述的初中生活，她面對的不僅是不同的「國語」、自我認同變異的問題，還包括如何聽懂南腔北調的國語。中國改朝換代的歷史複雜，和日本萬世一系天皇的歷史絕不相同，小說中提到「趙匡胤」被聽成「豆干印」，就不足為奇。過去日本時代校長、教頭等人都是日本人，戰後中國時代的校長，教務、訓導主任都換成了中國人，臺灣人老師雖然更貼近學生，獲學生的喜愛，但在「語言」、「語文」、「歷史認知」的劣勢下，仍然被換掉。

到了一九四九年，撤退到臺灣的人，被分發為老師，而嶺月就讀的女校擠入彰中的男學生，那樣的時空，一直到學校老師被因「匪諜」、「思想犯」逮捕而後交保。這一群女生們在這時代急遽變動下走出校門。處在這大時代中，她們學會向導師抗議同學被打巴掌的無辜，也學會合筆板書，一體承擔後果的勇氣；她們向校長抗議更換國文老師，卻被校長視為莽撞；她們做愛心便當、幫老師織毛衣，帶給「老三甲」們永遠的回憶，也為讀者帶來超溫馨的感受。

書中她描述見到女校長「穿一件藍布旗袍，臉上沒化妝，短短的西瓜皮髮型好怪好怪，而且戴一副厚片眼鏡，胖又壯的身子，看起來很有威嚴。」「校長兩手交握在腹前一擺，再把垂垂的大胸脯往上一托」很大聲的說出令女學生們捧腹的「笑話」，這段文字讀來令人忍俊不住。這個彰女校長丑澤蘭是湖南人，畢業自北師大，其夫陳幸西，彰化人，是當時的彰化市長。要了解這段彰化女中的故事，可以看教務主任蘇寶藏留下的《我的回憶錄》一書。

不只是兒童文學

嶺月出生於一九三四年，她的學生時代正面臨一個大時代的轉折，雖然不是最美好的時代，但確是能身歷其境、創出不同人生的時代。讀她的大作，除了領略她書中帶給讀者機智、幽默、平實的書寫外，她將對時代變遷的觀察、肆應，編入個人的生活，描繪出她所感知的大時代，極為成功。

《一年櫻班 開學了》以家庭的變化為主，《再見了 老三甲》卻是以學校生活為軸心。她將一九四一～一九五〇年代發生的重要事件，要言不煩，時序正確地一一呈現，尤其日本老師的下場和外省老師的上場，令人體會什麼叫「降伏」、什麼叫「光復」；一九四九年另一批外省老師的到來，令人反思什麼叫「接收」、什麼叫「撤退」，而這之中，臺灣人是什麼？

有人說她寫的是兒童文學，我個人並不完全認同，兒童讀者未必能讀懂她所經歷的過去，不過兒童時期記憶力超強，若能閱讀，就會形成一個重要的、存在腦中的資料庫，將來必有可以連線的機會，進而能理解嶺月的時代。

嶺月寫的不僅是兒童文學，對我而言，是以文學手法書寫的臺灣歷史。

推薦序

那個並不久遠的年代

陳怡蓁
趨勢科技文化長

我的媽媽、阿姨、舅舅他們生活在日治下的臺灣，上學說日文，回家學漢文。要跟自認高人一等的日本同學競爭，就得拼命的把不是母語的日文，學得像天生就會。家裡的長輩，卻又堅持不忘本，漢語不僅要能運用自如，還要讀詩詞經史。至於母語臺語，不必教，就可以說得呱呱叫。然後臺灣光復了，他們的漂亮日文，變成外國語言，要從頭學習國語注音，臺語是不能在學校亂說的禁忌。

他們經過戰亂，躲過空襲，吃過青蛙與番薯籤粥，在國仇家恨中艱難的尋找認同，卻成為臺灣經濟起飛的主要貢獻者，也讓臺灣相對於中國大陸，成為自由民主的基地。那是我的父母一輩，距今不過七八十年的光陰，其實並不久遠。

嶺月女士是我的二姨，比我母親小四歲，光復時期，姊妹先後就讀彰化女中，考入臺北女子師範學校，成為第一批教授國語注音的教師。她們姊妹的情深，真正非比尋常，從小到老從未遠離，人生路上總是攜手同行，互相倚賴。我們兩家的表兄弟姊妹，自然而然常在一起，也是從小至今，親愛精誠，團結一心。

我母親丁清霜女士，在鹿港任教四年之後，嫁到南投集集的陳家，成為長媳。二姨則嫁給了我父親至交，鹿谷鄉的林惟堯先生。林家雖同為南投的大家族，家風卻與僅隔一水（濁水溪）之遙的集集陳家大不相同。

陳家投入政商，我祖父陳萬先生是臺灣第一屆省議員，父親陳希哲先生後來也投入競選，成為當時省議會最年輕的「五虎將」議員之一。陳家家規嚴謹，人脈廣闊，交際頻繁，我母親投入家務已經忙碌不堪，公婆的要求多，子女四人的活動多，夫婿雖然體貼，也無力減輕長媳的肩上重擔。

母親最羨慕的就是自己的二妹，能夠以筆名嶺月，經營自己的興趣與才華，成為知名女作家。二姨的婆婆開明，夫婿體貼，她是排行最小的媳婦，不必負擔太多大家庭的責任，把自己的五人小家庭，帶領得歡樂多彩，別樹一幟。

二姨活潑開朗，思想前進，文采斐然，在各大報家庭版撰寫專欄十多年，從不脫稿，篇篇又有新旨意。她的日文根基深厚，翻譯《父親》、《交換日記》、《鄰居的草坪》等多部日文小說，更著有《老三甲的故事》、《和年輕媽媽聊天兒》、《聰明的爸爸》、《快樂的家庭》等多部小說和散文集，著作等身。

我和夫婿張明正及妹妹陳怡樺一起創辦趨勢科技，二姨一路鼓勵支持，很關心我們事業上的種種發展，我喜歡跟她分享，說一堆趨勢科技的故事給她聽。她卻總是在我得意述說之後，沉下臉來，認真的問我「你的寫作呢？」總不忘叮嚀我「別忘了經營自己」。讓我頓時想起自己未竟的文學夢，無言以對。

二姨是身體力行的人，她才不管我有多麼忙碌，就是要帶著我參加女作家的聚會，讓我認識當時響噹噹的林海音女士、薇薇夫人、簡靜惠女士等，推薦我的文章，讓我增加作品發表的機會。我的寫作之路，因此順利展開，作品在《聯合報》家庭版、《國語日報》、《信誼基金會》陸陸續續出現，不至於完全絕緣。如果不是二姨的提醒與提攜，我想我會在科技的海裡迷航，找不到自己，也回不去藝文界。

一九九八年，大悲與大喜同時襲來，就在趨勢科技於日本風光上市的前一天，我們參加了二姨的告別式。我哭腫雙眼，心中默默告訴二姨「我絕不會放棄寫作的」。隔年，我出版了自己的第一本書，雖然是記錄趨勢科技的發創與成長，無關文學藝術，但我彷彿看見二姨欣慰的笑容。

今年字畝文化決定重出二姨的兩本書《鹿港少女1：一年櫻班 開學了》（舊版書名《聰明的爸爸》）與《鹿港少女2：再見了 老三甲》（舊版書名《老三甲的故事》），囑我寫序。每當我要提筆，讀讀、看看、想想、寫寫的時候，總不免百感交集，中斷為文。直到春節之後，出版社已經不能再等待了，不得不趕著交稿。我寫不出對二姨的感激與懷念，更道不盡心中萬千的感慨與遺憾。讀其文，彷若她還在，銀鈴笑聲猶在耳邊，殷殷叮囑，聲聲入耳。

我要感謝出版社的眼光與膽識，重新出版二姨這兩本代表作，讓後輩有機會認識那個並不久遠的年代，認識臺灣曾經走過的歲月，回味那個純樸堅忍的時代風氣。就像二姨給我的勇氣與自信，選擇自己的所愛去發展，相信這兩本書也能啟迪更年輕的一代，唯有認識自己，才能真正做自己；也唯有認識臺灣的歷史，才能真正愛臺灣。

推薦序

嶺月的「鹿港少女」成長二部曲

是傑出的兒童文學，也是可貴的臺灣文學

林武憲 資深兒童文學工作者

《鹿港少女1：一年櫻班 開學了》和《鹿港少女2：再見了 老三甲》是嶺月膾炙人口的自傳體小說，要以新面目和大家相見了，這真是二〇二〇年臺灣兒童文學界的大好消息，也是給少年、兒童的好禮物，怎麼說呢？容我先從嶺月這個人談起——

嶺月，本名丁淑卿，一九三四年生於鹿港書香世家，她的曾祖父是進

士，祖父是秀才，父親曾任小學校長。她小時候，和眾多親戚在「進士邸」（今丁家古厝）長大，丁家大門口，左右兩邊有石獅鎮守呢。一九四一年，嶺月就讀鹿港第一國民學校，接受日本教育，她十一歲的時候，臺灣光復。《一年櫻班 開學了》寫的是她的童年，從日治末期到臺灣光復那段政局大變動的時代故事。一九四七年，嶺月進入彰化女中初中部就讀，一九五〇年畢業，她初二時獲得全校作文比賽初中部第一名，她父親代取筆名「嶺月」。《再見了 老三甲》，寫的就是她在彰化女中三年的青春歲月、校園生活。

嶺月小時候愛哭、寂寞，常常挨罵，大人不了解她，喜歡自己靜靜的看書，特別是聰明孩子的故事、見義勇為的故事，像《一休小和尚》、《巫婆的糖果屋》等，因此養成愛動腦的習慣，也喜歡幫助弱者、伸張正義；她看的書，影響了她後來的為人處世。她說：「兒童讀物讓我在童年的歲月裡沒有懷疑、沒有徬徨，筆直的一條成長路，把我帶上平順而愉快的人生。就因為自己的整個生命，受兒童讀物影響這麼大，因此我重視兒童讀物，進而投入了兒童文學工作的行列。」

嶺月從臺北女子師範學校畢業後，教了幾年書，婚後為了好好照顧小孩、家庭，辭去教職，成為純主婦。一九六八年，她三十五歲，寫了一篇〈母姊會〉，在《國語日報》家庭版刊出，受到鼓勵，開始認真寫作，每天穿得整整齊齊，像上班似的，在書房裡專心的寫作。三十年裡，她為《聯合報》、《中華日報》、《國語日報》及《大華晚報》等寫專欄，每周一篇，持續十多年，集結成《跟小學生的媽媽談天》、《經營家庭不忘經營自己》和《妙媽媽 巧孩子》等書。散文、教育論述以外，她也寫少年小說、童話故事，還翻譯成人小說、少兒小說、童話，圖畫書，總數超過兩百冊。她的朋友說：「即使終年六十五歲，卻完成九十歲以上的工作量。」

嶺月曾創造臺灣的出版奇蹟，《老三甲的故事》出版時，上了《民生報》的頭版，一年內連印十一刷，後來又印了十幾刷。她譯寫的《好孩子和媽媽的圖畫書系列》，臺灣、日本同步出版，前六十冊，三年內臺灣銷售量突破一百萬冊，日本出版社還特地來臺致贈感謝狀和大紅包。她翻譯《鄰居的草坪》、《午後之戀》、《海的悲泣》和《父親》都曾改編成電視劇演出，譯作《巧克力戰爭》還拍成兒童電影，當年她可說是臺灣作品最暢銷、最受歡迎的作家。嶺月的努力，贏得很多肯定，如臺北市立師專傑出校友、彰女之光獎牌和文藝獎章。她逝世後第二年，第五屆亞洲文學大會頒贈翻譯獎，表彰她對亞洲兒童文學交流的貢獻。

再來談談「鹿港少女」這兩本小說的共有特色，包括：時空背景的特殊性，以及對少年兒童讀者的啟發性，不但讓親情、友情、手足之情……躍然紙上，大時代下的臺灣人的國族際遇、韌性與骨氣，更引人深思。

這兩本小說的時空背景，一本是一九四一年到一九四七年，一本是一九四七年到一九五〇年。從小學到初中，從鹿港小鎮到彰化大城，從戰爭末期到百廢待興的戰後。那時候，物資缺乏，社會動盪，人心不安。國人的身分，從臺灣人、日本人，變成中國人，在家說臺語，國校讀日文，「國語」從日語變成北京話。書裡還有臺灣人和日本人，本省人和外省人的種種互動問題，形成不少的插曲和事件。舞臺的主角，也從小女孩變成頭髮像西瓜皮的少女。舞臺上的角色，有兇惡的日本警察，可敬的日本女老師，《一年櫻班 開學了》裡有「清國奴」的一巴掌事件，有家裡的鐵欄杆被拆，鐵床被搬走事件。《再見了 老三甲》有講著南腔北調讓學生聽不懂的外省老師，有飯盒裡只有白飯拌鹽的同學，有天一冷就縮著脖子搓手心的老師，有不會說國語被解聘的本省籍老師，也有校長和老師被以匪諜罪名逮捕的白色恐怖。所以，這兩本書同時也是高潮迭起、動人心弦，反映時代、生活的歷史小說，為當時的臺灣，留下很好的見證，可以帶領我們了解上個世紀四十年代的臺灣。

《一年櫻班 開學了》（舊版書名《聰明的爸爸》）曾入選一九九三年好書大家讀年度最佳少年兒童讀物，《再見了 老三甲》（舊版書名《老三甲的故事》），曾被華視拍成電視劇《我們這一班》，又入選文建會「臺灣（一九四五——一九九八）兒童文學一〇〇」，因為不只是好看，也極富啟發性。老三甲這一班，不是乖女孩，她們會調皮搗蛋、捉弄老師，有勇氣抗議不講理的老師，會跟老師撒嬌，不為考試背書，愛看課外書，喜歡動腦筋解決問題，從愛現愛突顯自我，變成能欣賞別人、為人抬轎，有可以犧牲小我完成大我的團隊精神。她們會在廁所插花，會發明「愛心飯盒」，沒帶飯的同學也有飯吃，也會為貧困老師合織毛衣，讓老師驚喜，甚至集體展開救援被捕老師的行動，送別一去不返的校長……友愛、有正義感，從挫敗中改進等種種心靈成長的事蹟，實在令人感奮、難忘。

《再見了 老三甲》有一段寫出，少女淑惠怎麼從「小龍」變成「小蟲」，再「蛻變」成鳳的心路歷程，對讀者很有激勵作用。《一年櫻班 開學了》裡的小女孩小惠，從一開始的挫折自卑，因聰明老爸的化解，不再有「醜小鴨」的陰影，展現出「天鵝」的翅膀，也有同樣的效果。

嶺月是個有使命感、責任心跟教育愛的人，她大量閱讀的中外名著，以及父親的教導和家族的情境影響等，形成她的心靈和人格特質。她成長過程中的體驗、觀察、思考及發現所得，變成書裡的許多小插曲、小故事，再把使命感、教育愛，融入故事情節，讓讀者從字裡行間，從故事裡感受到濃濃的親情、手足之情、師生之情、同學間的友愛，還有臺灣人的志氣、骨氣、民主精神等，讓人哭，讓人笑，讓人激動，讓人回味無窮。

「鹿港少女」二書，是嶺月最重要的代表作，呈現她自我探索的生命歷程，是她情感、理念、思想的延伸，是她自我價值的實現，充滿了生命力和正能量。嶺月希望「借用文學的力量，來彌補教育上的盲點」。她希望「老三甲」一書，「能喚起大家對教育的省思，讓父母能思考對子女的教養有無過當」。至於《一年櫻班 開學了》，她說：「但願新生一代能多了解臺灣，進而更更愛咱們臺灣！」我相信，這兩本書的小讀者、大讀者，一定會有很多的共鳴與感悟。

來吧，來聽「鹿港少女」嶺月為你講故事，在嶺上的月光下。

代序

大時代裡的親情與友情

林宜和

旅日文字工作者

距今大約八十年前，即一九四一年初的彰化鹿港（當時稱彰化郡鹿港街），第一天上小學的小女生丁淑惠，第一節課就在學校尷尬出糗。這個令人訝異的序幕，導引出一連串以鹿港丁家為主軸的精彩的「鹿港少女」故事二部曲。由日治時代末期到臺灣光復的五年間，小惠從相信自己是「日本人」，到一夜之間變成「臺灣人」，生活內容和意識形態都發生鉅變。讀者隨著小惠經歷當時臺灣兒童的處境，也隨著小惠度過波瀾起伏的童年。

《一年櫻班 開學了》是母親嶺月的自傳故事，主角「小惠」就是她的化身。不過，在原序當中，母親強調這是小說而不是傳記。但是，故事的背景和許多事件，都是真正在她的童年發生的。故事裡聰明理智的爸爸，角色源自我的外祖父丁瑞乾。辛勞持家育兒的媽媽，有外祖母丁施梅治的身影。故事裡的丁家，原型是母親娘家，也就是鹿港書香門第的「丁家大宅」。

母親在《一年櫻班 開學了》裡，藉小學生的眼光，敘述大時代，將生活點滴和喜怒哀樂，轉化成一個個動人篇章。故事前半部描寫小惠受日本教育的上學經驗，穿插大家族熱鬧熙攘的家庭生活紀錄，表現兒童對時局一知半解，純真無邪的一面。後半部進入二戰末期，現實的戰禍開始降臨鹿港。逃空襲躲警報、缺糧斷炊、全國總動員……生離死別的恐懼，讓故事變得非常緊迫。當日本投降消息傳來，大人上街歡呼擁抱，小惠卻茫然失措，不知道「戰敗」為什麼要慶祝……

多年之後，在母親和阿姨、舅舅的閒談當中，也曾聽聞他們童年往事的片段。但是，直到看了《一年櫻班 開學了》我才明白，當年這個大家族，在殖民統治下，為了求生存和保持氣節風骨，曾經活得多麼光彩尊嚴，多麼隱忍委屈，又多麼撙節刻苦。不過，母親對殖民生活的描寫，並沒有失之偏頗。除了橫暴的日本警察，也有謙和的日本老師，顯現人性善良純真的一面。母親在故事當中，也不忘穿插當時鹿港的民俗傳統和臺日混搭的風物，十分寫實有趣。

事實上，我在睽違鹿港數十年之後，二〇一九年才二度踏入母親兒時的故居「丁家大宅」。這一棟以母親的曾祖父丁醴澄（字壽泉）為尊的「進士第」，已經列入彰化縣定古蹟，整理為清幽雅靜的觀光名勝。雖然人去樓空，母親也已離世，不免有些傷感，但是，在陳列室看見許多丁家文物，又在中央廳堂參拜丁家列祖列宗遺像，可以想像書聲琅琅的丁家子弟晚自習教室，及家族群集熱鬧的燒香祭祖情景。丁家子孫，如今散居國內外，在學術和事業上各有成就，也守住了脈脈相承的家風和遺訓。

《再見了 老三甲》是母親在臺灣光復後考上彰化女中，記述三年初中生活的自傳故事。青春期少女最要好的友伴是同學，度過最多時間的是學校。隨著成長階段的轉變，「老三甲」一書，有別於以家族為中心的《一年櫻班 開學了》，將敘事重點移往校園。

「老三甲」的故事背景是一九四〇年代後期的彰化女中，主角是由初一到初三都編入甲班，號稱「老三甲」的一群青春少女。這些半大不小的女生，拋棄從小學習的日文，轉而開始牙牙學語練中文。中文博大精深又口音複雜，從大陸來臺南腔北調的老師，令老三甲們困惑又吃驚，發生種種趣聞鮮事。

全書是由綽號「阿丁」的鹿港少女丁淑惠（也就是《一年櫻班 開學了》中的「小惠」），以第三人稱視點描述周圍的師長和同學。當年通過考試而匯集中部優秀子弟的彰化女中，有出自各種家庭和背景的學生。老三甲們最初互相猜疑忌妒，進而逐漸化解開懷，最後產生無可替代的團結心和友情。

故事當中，老三甲們與各形各色的老師交流，時而反抗時而作弄，既機靈又頑皮。但是，她們並不減對同班同學和對師長的關懷。給同學準備愛心便當及為老師合織愛心毛衣的經驗，都令人動容。當時臺灣光復未久，學校缺乏適當教材和國語標準的教師。學生卻受教導是「中國人」，被灌輸生硬艱難的中國史地等知識，難以消化吸收。但是，老三甲們的點子多，編排各種課外活動，自娛娛人，簡直令升學主義重壓下的後生晚輩羨慕。

只是，故事尾聲卻急轉直下。當時政治和社會局勢不安定，「白色恐怖」也波及學校，老三甲敬愛的導師和校長都遭牢獄之災。恐慌無奈又疑惑不解的老三甲們，在依依不捨當中，提前結束了初中生活，也失去期待的畢業典禮。

現實世界的老三甲同學們，在各奔前程多年後，因為共同凝聚回憶，敦促嶺月撰寫大家的青春時代而再度集結。「老三甲」的故事一九九一年問世後，在臺灣出版界引起轟動，佳評如潮，被譽為二戰後，臺灣最真實的社會紀錄。不但被《國語日報》選為最受歡迎的少年少女小說，也被《民生報》頭版和電視節目專題報導。母親因此獲頒「彰女之光」獎牌，這本書也成為彰化女中新生的必讀書。

由《一年櫻班 開學了》到《再見了 老三甲》，母親嶺月將她在動亂的大時代中度過的童年和少女時期，以平易的文筆，編織成精采的鹿港少女成長二部曲，留給我們珍貴的時代紀錄和個人紀念。

母親從小愛看故事書，丁家大宅豐富的藏書與得天獨厚的家教，不但培養她的文藝細胞，也令她一生熱愛兒童文學。母親畢生翻譯無數日本童書和繪本，每當她著手一本新書，就會在晚餐桌上，對我們比手畫腳說書中故事，笑顏天真爛漫。自我結婚赴日後，母親每回來日本大採購，並不是去百貨公司買衣飾，而是上書店蒐購新書。當母親創作《一年櫻班 開學了》與《再見了 老三甲》，已經是她短短人生的晚期了。兩部作品可說是母親畢生心血的結晶，傾注她寫作兒童文學的最高功力。

在母親逝世二十年之後，有幸邀請與母親生前交誼的文壇前輩小聚，席間提及嶺月舊作多已絕版，不無感慨。非常感謝字畝文化社長馮季眉女士，慷慨應允重新出版母親的鹿港少女二部曲，並構思了新的書名，讓這兩本書得以全新面貌問世。感謝母親譯寫兒童文學的最佳拍檔，即名家曹俊彥先生，為新版繪製封面和插畫。承蒙詩人兼兒童文學研究者，也是母親彰化同鄉的林武憲先生，賜稿批評指教。有幸邀請作家表姊，也是丁家後代的趨勢科技文化長陳怡蓁女士，撰文共襄盛舉。由於父親林惟堯和姊姊林宜平傾力協助，才順利取得二冊書的版權。許許多多感情和盛意，都包含在這兩部重新面世的作品當中。

希望嶺月的這兩本兒童文學代表作，永留後世，相傳不息。更希望這兩部為曲折坎坷的近代臺灣，留下珍貴歷史見證的作品，能幫助我們撫今追昔，更關愛自己的家鄉。

作者序

我的「鹿港丁家故事」

嶺月

寫於一九九三年

我把中學時期的故事寫了出來，在報紙上連載，並出版成書，不少少年朋友，念念不忘我這本「頑皮故事集」。每次遇到孫姪輩國中生，都會撒嬌的挨過來讚我幾聲說：「姨婆，好羨慕哦！你們的初中生活怎麼那麼頑皮、快樂又幸福。」這本書拉近了我們之間的距離，每個孫姪兒、姪女，都變得跟我很親暱。

「姨婆，你們進入初中以前呢？你們的小學生活是不是也很有趣？」顯然他們對於「社會背景特殊」的我們這一輩的成長故事深感興趣。

我說：「我們啊，到十二歲才知道自己是哪一國人。」不等我說完，孫姪女就笑起來說：「好笨喲，哪有人不知道自己的國家呢？」

「因為我們幼小的時候講臺語，祖母說，我們是『唐山人』。念了小學以後，開始學日語，老師說，我們是『日本人』。到了小學四年級的時候，突然說『臺灣光復』，我們要改學漢文和中國話——國語，因為我們是『中國人』。迷迷糊糊的，聽大人解釋半天，好不容易才弄清楚，原來臺灣是被滿清政府割讓給日本，而成為日本殖民地。所以，我們得受日文教育，也得自稱日本國國民。直到第二次世界大戰日本戰敗，把臺灣歸還給『祖國』，父母和老師才告訴我們說，我們根本不是日本人，而是在臺灣的『中國人』。」

「那你們一定很驚訝，很興奮囉！」

「才沒有呢！我們看所有大人都像瘋了一樣，拿起臉盆當銅鑼亂敲打，甚至互相擁抱著，又叫又跳，大聲嚷嚷：『光復了，光復了，臺灣光復了！』小孩子們都莫名其妙。想到日文都還沒完全學會，又要改學難寫的『漢文』，一顆心涼了一半，所以笑都笑不出來呢！」

「後來呢？後來你們怎麼開始學的？」

「那才有趣呢，」我笑著說，「原本被我們當成文盲（不懂日文日語）而瞧不起的阿公、阿婆們，變成了我們的漢文老師。像我的祖母，不但學問好，還會作詩，也會畫中國花鳥水墨畫呢！」

「好有趣喲！那些阿公、阿婆都到學校教你們嗎？」孫姪女迫不及待的問。

「沒有。日治時代，小學老師差不多是日籍和臺籍老師各占一半。日籍老師當然是馬上失業。臺籍老師一人要教兩三個班級。不過他（她）們也多半不懂漢文，而且也沒有課本，所以學校雖然沒有停課，但每天不是讓孩子們玩團體遊戲和畫圖之外，就是學唱老師們臨時創作的臺語童謠、童歌，以及用臺語教『算術』課。」

「好羨慕喲，你們一定很開心！」

「嗯，開心是開心，但是看到一向疼愛我們的幾位日籍老師，一下子變成拉人力車的車夫，或是在菜市場賣烤玉蜀黍的攤販，我們不知道應該躲開、假裝沒看見，或是上前行禮，買他的東西，照顧他的生意。很多很多事，我們不知該如何是好，不知該怎麼做才是對的。」

「寫嘛，姨婆，把你們有趣的小學生活寫出來，我們的同學一定喜歡看。」在一旁靜聽的另一個孫姪女插嘴，她上小學三年級。

「好吧，寫一本給小學生看。」我說。

「對嘛，這樣才公平。」小孫姪女好得意。

我開始構思如何下筆，無意間，忽然想到美國電視影集《天才老爹》，那是現代版的「好父親」範本。時代不同，父親的角色扮演也不同。在被異族統治的殖民地時代，父親的角色扮演，矛盾多，困惑、困難更多。很多孩子在父親不智的教育與影響之下，做了錯誤的異族文化的認同，甚至造成處處妥協、沒勇氣「擇善而固執」的懦弱性格。

這一點我很幸運，我生長在鹿港被稱為「書香門第」的大家族裡，因為有伯父和父親的「高風亮節」精神，以他們的智慧，讓我們不亢不卑，很正常順利的成長。尤其在學業上，花了很大的心思督促、教導我們，所以住在同一大宅院的二三十個堂親小孩兒，在學校裡各個成績優秀，也享受了快樂難忘的童年。

因此，這本書就從「聰明的爸爸」寫起，一方面記錄五十年前的臺灣兒童處境與生活，給現代兒童看；一方面也希望能給現代父母參考，如何在不同的時代，適切地扮演「成功父母」的角色。

最後我要聲明的是，這本書是小說，不是傳記。不過，故事的背景和很多事件，是真正在我童年發生的。為了加強戲劇性與趣味性，「真真假假、假假真真」。如果小讀者要問我，故事裡的鹿港女孩「小惠」是不是你？我的回答是：「可以說是，也可以說不完全是。」不管真正的小惠是誰，希望能得到小讀者的喜愛，本書能成為小讀者的好朋友。

（編輯附註：本書沿用作者嶺月為舊版寫的序文，唯將標題換新。）

出版者的話

這麼生動好看的兒童小說，推薦給所有兒童——

它帶我們認識有骨氣的臺灣人

字畝文化 編輯部

嶺月是臺灣上個世紀臺灣最重要的兒童文學家之一，翻譯過很多暢銷書，例如《代做功課股份有限公司》，連現今小學生也看得津津有味。

她與林海音、潘人木、林良等人齊名。不同的是，前三位的童年都在大陸度過，而嶺月卻是土生土長的臺灣人！

更精確的說，她是鹿港丁家（和辜家隔鄰，卻是進士第）的後代。

在《鹿港少女1：一年櫻班 開學了》、《鹿港少女2：再見了 老三甲》這兩本具有自傳色彩的兒童小說中，嶺月以童稚的眼睛，觀察、紀錄了臺灣人如何走過大時代的變遷——從日治皇民化時期到光復，再從光復後到解嚴之前——在這段時間裡，少女小惠（嶺月的化身）從小學到初中，逐漸體會她的長輩們從臺灣人變日本人，再變成了中國人的矛盾心境。

類似主題的書寫，在成人的臺灣文學中有不少，但往往讓人讀來沉重。可是嶺月的小說卻像《窗口邊的小荳荳》，充滿純真與正能量。她反思時代，卻不帶怨恨，而是傳承了長輩的智慧來激勵我們：儘管社會不斷變動，不論別人說你是誰，只要堅定自己，我們就是個最有骨氣的臺灣人！

這樣的小說，寫出臺灣人最普遍的共鳴，難怪曾經是最暢銷的兒童小說之一。此刻讀來倍覺意義非凡，因為如今的我們，也處在時代的轉變當中，正在創造自己和下一代的歷史。

因此，我們略為調整這兩本小說的書名，讓它們更能吸引現代小讀者。

但除此之外，我們竭力保存原本就十分精采好看的小說文字。當然，某些內容或情境，由於時空背景轉變，現代小讀者可能不易理解，我們便用閱讀補充包「**時代這樣改變，真好！**」加以說明。更邀請了國寶級插畫家曹俊彥老師，來詮釋小說的人物與情境。

誠摯希望，所有的臺灣人都應該讀這兩本小說，而且應該要推薦給身邊所有的兒童！它們不僅有意義，而且好看得讓人停不下來。

小惠明天就要上學去了。她有很多不安和困惑：她擔心自己太笨，讓家人丟臉，因為她家可是鹿港的書香門第，哥哥姊姊都當班長，爸爸是老師，曾祖父以前是進士呢。她也困惑，明明她的日文程度和其他日本小孩一樣好，為什麼爸爸堅持要她們去上臺灣小孩讀的國民學校……？

這本小說從小女孩的純真眼光，觀察生活周遭的人事物，尤其是她的聰明爸爸，如何以智慧、開明而幽默的方式，教導家族中的孩子，帶領他們守住自己的民族尊嚴，發展出堅毅的性格和明確的人生觀，成為一個有骨氣的臺灣人！

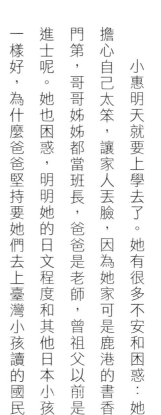

目錄

推薦序　鹿港・嶺月與我……許雪姬　2

推薦序　那個並不久遠的年代……陳怡蓁　9

推薦序　嶺月的「鹿港少女」成長三部曲
是傑出的兒童文學，也是可貴的臺灣文學……林武憲　14

代序　大時代裡的親情與友情……林宜和　21

作者序　我的「鹿港丁家故事」……嶺月　28

出版者的話　這麼生動好看的兒童小說，推薦給所有兒童——
它帶我們認識有骨氣的臺灣人……字畝文化編輯部　34

1 一年櫻班，開學了 42
2 聰明的爸爸 50
3 ㄎㄟˋ ㄐㄧㄤ 當班長 59
4 探險闖禍 71
5 「戲服」的故事 88
6 特別的日本老師 96
7 焚書事件 109
8 弄巧成拙 118
9 隨機教育 127

目錄

10 快樂暑假 134
11 萬能媽媽 141
12 「三腳狗仔」挨耳光 147
13 穿「戲服」過新年 156
14 老師偷偷哭了 167
15 大人饒命啊 176
16 「鄰組」活動 184
17 戰火逼近 195
18 全國總動員 208

19 死別的陰影 231
20 日本投降，臺灣萬歲 248
21 無政府的日子 262
22 慶祝光復 275
後記 嶺月 288

1 一年櫻班，開學了

在臺灣還是日本殖民地的時候，鹿港有個叫丁淑惠的小女孩兒，因為沒上過幼稚園（當時幼稚園不普遍），所以要入學國小一年級那一天，非常的興奮。尤其穿上新制服、新鞋子，又提個新書包，她感覺自己比平日漂亮，也覺得自己好像一下子長大了許多。

她高高興興的跟在媽媽後面走，路上遇到一位遠房親戚玉秀姑媽，她也帶著寶貝女兒王美珠要去入學。

「嗨，今年你也有孩子要入學呀？」玉秀姑媽說：「真倒楣，碰上你們家的孩子，別人都沒機會當班長了。」

「放心好了，」丁太太苦笑著說：「我這孩子是例外，既笨又愛哭，怎麼可能當班長？不讓我太『漏氣』（臺語：失面子）就好囉！」說完，摸摸美珠的頭，羨慕的說：「瞧你們阿珠一臉聰明相，活潑又有禮貌，她才是當班長的料呢！」

淑惠默然低著頭，心裡一直想哭。想到上面兩個哥哥和一個姊姊，一入學就當班長，每次考試都第一名，在親戚間十分有名。而下面一個妹妹和兩個弟弟，也都長得白胖可愛，尤其小她兩歲的淑芬，烏黑的大眼睛像洋娃娃，加上活潑愛現，是人見人愛的活寶貝。相形之下，瘦弱多病的淑惠，當然沒人注意她、喜歡她了。

走著走著，媽媽又說了：「不知怎麼生的，生出這麼一個醜ㄚ頭，跟其他孩子完全不一樣。成天哭哭啼啼的，又多病，偏偏不肯乖乖吃藥，為了撬開嘴灌藥，不知撬彎了幾根湯匙，脾氣可拗呢！她呀，是人家說的『磨娘精』。」

淑惠恨不得地下有個洞能讓她鑽進去，不然就像童話裡的隱身術一樣，瞬間讓自己消失不見。她不明白，為什麼媽媽老喜歡說她是磨娘精，說得每個親戚朋友都知道丁媽媽不喜歡她的二女兒。

「為什麼？為什麼我長得特別醜？同伴們都不喜歡跟我玩，親哥哥也欺負我，給我取難聽的綽號，連親娘都討厭我，為什麼？為什麼？……」淑惠想著想著，忽然想到那最讓她傷心氣惱的綽號「戇」（臺語），指的是人傻，臉又扁平，也就是既笨又醜的意思。

「既笨又醜，既笨又醜……這就是我！」淑惠一路走，一路在心裡念著，對於就要入學的新學校、新老師、新同學都害怕起來，「如果在學校也跟在家裡一樣，沒人喜歡我，那該怎麼辦？」她的一顆心不斷的往下沉、往下沉，早上出門時的那份雀躍和新鮮感，已經變成了恐懼和憂愁。

到了學校，一眼就看到新生的教室。尤其一年櫻班最醒目，因為那是創校以來第一次招收的女生班。這所歷史悠久的鹿港國小，原本是傳統的男子「公學校」，從一九四一年，淑惠入學的那一年開始，改為男女合校，並改稱「國民學校」。那年新入學的女生只有一個班級，是真正的「新鮮人」。

矮矮胖胖的石島校長，是一位不會說臺語的日本人。他笑瞇瞇站在一年櫻班的教室門口，對每一個新入學的小女生摸摸頭，誇讚一聲：「好可愛！」然後像個守門的侍者，躬身比一下手，請家長帶孩子進教室找自己的座位。教室裡整整齊齊的四排學生桌椅，每張桌面的右上角都貼著名牌。淑惠一進教室，就發現了自己的名牌，大聲叫著說：「媽，在這兒呢！」

正在招呼家長們的級任老師回頭，訝異的說：「咦，還沒入學就會講這麼標準的國語（日語），還認得自己的名字，這孩子好聰明！」當時的小學生，多半入學後才開始學日語和認字。

淑惠的媽媽得意的回答說：「她不但會認，還會寫呢！」

淑惠覺得好奇怪，她一直以為會寫自己的名字是理所當然的，萬萬沒想到會為此而受到誇獎。而媽媽的得意表情，也讓她深感意外，她不由得心

裡偷偷高興起來，沒想到自己竟會比別的小朋友厲害，她下定決心要努力用功讀書，絕不輸別人。

淑惠坐在自己的位子上，兩眼盯著老師看，媽媽說老師姓施，叫「彩霞老師」，脾氣很好，不用怕老師。

淑惠覺得老師很漂亮。她雖然在家長與新生間忙得團團轉，但臉上一直掛著笑容。烏黑的長髮，梳成兩條粗辮子，髮梢的黑緞帶蝴蝶結，就像兩隻真正的漂亮黑鳳蝶，隨著她的走動，在她兩邊肩頭上飛來飛去。白皙的皮膚配上深藍色的合身衣裙，看來不像個老師，而像個還在讀高女的阿姨或大姊姊。

開始點名了，家長自動退出教室，站在窗外。

「王氏美珠（日治時代，女性在姓下加氏字，以便區分男女）！」

「嗨！」（日語：有！）

「林氏明嬌！」

「嗨！」……老師從班上三四個上過幼稚園的同學先點名，要她們做示範。那幾個上過幼稚園的當然很神氣，沒上過幼稚園的，有的膽小，不敢應聲，有的根本聽不懂自己的日本發音名字。老師很有耐心的看著學生胸前掛的名牌，鼓勵應聲，並站起來。

輪到淑惠了。她怯怯的應了一聲「嗨！」卻不敢站起來。媽媽在窗外一直比手，示意叫她站起來。淑惠看看媽媽又看看老師，突然「哇！」一聲哭起來，媽媽急忙奔進教室，老師也走過去，連哄帶騙，好不容易拉她站了起來，後面卻傳來一聲叫：「嗳呀，伊偷尿尿啦——（臺語）」原來淑惠的裙子後面溼了一大塊。

「啊哈哈哈……啊哈哈哈……」全教室發出爆笑聲。

媽媽漲紅臉，拖著哭哭啼啼的淑惠，往回家的路上跑，一邊跑一邊罵：「死丫頭，我就知道你會給我丟臉，尿急怎麼不早說？你是啞巴啊，你！丟臉，真丟臉……」

淑惠只是哭哭哭……回家換好衣褲，躲進被櫥裡繼續哭。她知道今天出的洋相，正在一個傳過一個，成為丁家大宅裡的大笑話。

2 聰明的爸爸

丁家在鹿港是有名的書香門第。深深的大宅院，從面街的大門到臨田野的後門，房子分成四大進，中間隔著三個天井，最後面的大院子裡有穀倉，也有一棵高大能遮天的粿葉樹（黃槿葉在以前臺灣民間經常取來當墊粿紙炊蒸，所以黃槿又稱為「粿葉樹」），跟幾棵石榴、釋迦、龍眼等果樹。

這棟大宅裡共住八戶，是淑惠的曾祖父一脈傳下來的堂親，每戶孩子都生得不少，所以大大小小的堂兄弟姊妹，總共有三十多人。

這麼多的孩子，自成一個小團體，加上遊戲空間大，丁家的孩子們很少到門外跟鄰居的孩子們玩。

平常放學回家，大夥兒在一起，最常玩的是捉迷藏。因為房子大，可以躲藏的地方多，如果不劃出限定區，從第一天井到後院，藏起來可找不到人呢！另外一個麻煩是，一大群堂兄弟姊妹，大小年齡懸殊，小的跟不上大的，總會急哭了，淑惠就是最愛哭的一個，所以另一個綽號叫「愛哭鬼」，大家都不喜歡跟她玩。

「聽說『愛哭鬼』今天第一天入學，就在學校『偷尿尿』，嘻嘻嘻……」窗外飄進來頑皮堂哥阿哲的私語聲。淑惠正愁著，以後要拿什麼樣的臉面對大家，剛好聽到廚房裡媽媽的炒菜聲，夾雜著爸爸的說話聲，原來爸爸已經下班回來了。

爸爸說：「還說呢，該怪的是你，為什麼出門前不提醒她上廁所？到了學校，也應該先帶她去看看廁所，問她要不要上呀！誰不知道你們女人家跟熟人碰在一起，一聊就什麼都忘了。那孩子內向、膽小，從來沒出過門，在教室裡一大堆生人面前，怎麼敢說尿急要上廁所？你這做母親的，實在太疏忽了。」

淑惠幾乎不敢相信自己的耳朵，她本來以為爸爸回來，會和媽媽一起罵她。

爸爸走進臥房裡來了。他溫和的牽起淑惠的手，輕拍一下說：「不要難過，爸爸講一個笑話給你聽。很久很久以前，有個男孩子，跟著媽媽要去外婆家看舅舅娶新娘子，媽媽給他換上一套新衣褲，便匆匆忙忙坐轎子出門了。半路上男孩子尿急，但不敢跟媽媽說，因為媽媽會罵他出門前為什麼不上廁所。何況叫兩位轎夫停步，讓他下來尿尿，實在也說不出口，所以男孩子想，能忍儘量忍吧，反正到外婆家再上廁所，一定來得及。沒想到，一陣冷風吹掀了轎簾，男孩子打了一個大噴嚏，滿肚子尿水就像河堤崩潰一樣尿了出來。『哎呀，你這孩子怎麼了？』媽媽驚呼大叫，馬上叫轎夫停腳，就近找了一戶農家借水，幫他清洗和沖洗轎子。最糟糕的是沒有乾淨的褲子可以換。好心的農夫太太拿出一條舊褲子借男孩子穿。那條褲子不但有補丁，而且太長了，媽媽還是感激的謝了又謝，把褲腳一捲，幫兒子穿上，急急忙忙就趕路去了。結果怎麼樣呢？新上衣配一條太長的破褲子，大家的奇異眼光和緊接而起的哄笑聲，男孩子有多狼狽，你可以想像吧？」

淑惠忍不住吃吃笑出聲來。爸爸突然說：「那男孩子的名字，叫做丁守正！」

「嗄？爸爸……是您？」淑惠睜大的眼睛和張開的口，差點兒合不上來。

「對的，是爸爸——我，沒錯。」爸爸輕鬆一笑說：「好了，吃飯去！」

吃晚飯時，淑惠想起爸爸當時的滑稽模樣兒，忍不住就想笑，一整天的懊惱和難過，早已拋到九霄雲外了。

鈴鈴鈴鈴，鈴鈴鈴鈴……

淑惠的大哥拿一個手搖鈴，從第一天井搖到第三天井。那是丁家的孩子們集合上晚自修課的時間。

原來丁家的第二天井旁邊，有一間不小的客房，除了過年時姑媽們回娘家住幾夜以外，平時很少有客人來住。丁家就把這間客房當成課室，讓孩子們每天吃過晚飯後，在規定的時間集合，分組圍著一張大飯桌和旁邊兩張麻將桌，開始寫學校帶回來的家庭作業。寫完了，還得預習第二天要上的課文，或寫淑惠的爸爸臨時出題的考卷。

上自修課時沒有人敢說話或打瞌睡，因為擔任丁家子弟家庭教師的淑惠爸爸，管教很嚴。他是受過師範教育的正科班出身教師。

聽說他考上臺南師範學校，在第二關「口試」也通過那天，丁家人接到電報，馬上放鞭炮。母校的校長更率領全校師生到火車站迎接，還有鼓笛隊一路吹奏凱旋歌呢。因為那時候臺灣島內沒有設立大學，臺灣人能讀的最高學府，就是一所醫專、兩所師範學校、幾家農業學校及高等學校。有志的優秀青年想繼續讀大學，就得遠渡重洋，到日本去報考深造。但家境必須很富裕才供得起，所以能讀到大學的少之又少。淑惠的爸爸是寡婦的獨子，經濟上只能報考競爭十分激烈的師範學校。能考取，當然大家都替他高興，丁家也很風光。

「家庭作業先寫完的，可以先出去玩。等全都寫完了，休息十分鐘，我會搖鈴，叫大家進來。今天我要你們寫一則誠實的故事。」淑惠的爸爸說。

「要寫什麼呢？」休息時間大家都在擔心沒有故事可以寫，寫不出來，繳白卷，怎麼向父母交代呢？丁家八戶堂親，互相都有競爭意識，每個父母都很在意孩子的功課。

鈴聲響了，淑惠的爸爸說：「誠實故事的題目是『尿床』，沒尿過床的，舉手。」

大夥兒我看你，你看我，終於忍不住吃吃的笑起來。

「好，大家都很誠實，小孩子誰沒有尿過床？」爸爸一本正經的說：

「我再問你們，尿床是不是故意的？」
「不是！」大家不約而同的齊聲問答。
「可是，有沒有被罵或被罰呢？」爸爸又問。
「哼，不但被罵，還被打呢！」上二年級的小堂哥噘著嘴說。
「很冤枉是不是？」
「是！」又是全體齊聲回答。
「好，今天就是要你們寫尿床的糗事，以及被罵、被笑的冤枉。剛上一年級的你們三個（淑惠之外，還有兩個同年的小堂弟彬彬和阿宏）不會寫作文，就用畫的，隨便怎麼畫都可以。」
「四叔，我可不可以也用畫的。」五年級的頑皮堂哥問。
「好吧，隨便你們。用寫的、用畫的都可以，寫好文章，再配個插畫更好。今晚時間不早了，我給你們出的這項作業，明天晚上交就可以。好，

誠實

下課，回自己的臥房睡覺吧！」

最愛畫漫畫的大哥，迫不及待的想畫連環圖，他邀一位同樣愛畫圖的堂哥留下來畫，說：「乾脆，我們就在這間客房睡覺吧！」

客房裡有兩張紅木大床，被櫥裡也有枕頭和棉被，只要有伴，跟父母說一聲，就可以在那兒睡覺過夜。

爸爸牽著淑惠的手，穿過第二天井回家，她家在第三進房子左側。黑暗中，淑惠偷看著爸爸笑瞇瞇的臉，她很想說一聲「謝謝爸爸」，但她害羞不敢說。她感激爸爸為她如此用心，更佩服爸爸的聰明。她知道明天開始，丁家的大宅院裡，不會有人再提起她「入學第一天在學校偷尿尿」這件糗事了。一股暖流，從爸爸的手心傳遍了淑惠小小的身軀，她放心的上床，一會兒就睡著了。

3 ㄎㄟ ㄐㄤ當班長

咕咕咕——咕！咕咕咕——咕！

後院，八叔家養的公雞最討厭了，總是天剛亮就大叫，而且叫個不停。

淑惠被吵醒，很生氣，她正作著在天上跟仙女們跳舞的美夢呢！「死公雞，別叫了！」她在心裡罵一聲，翻身蒙起棉被，正想繼續睡，卻突然想到昨天她已入學，起床以後得穿好制服去上學呢！腦筋一清醒，耳際裡馬上響起「噯呀，伊偷尿尿啦！」那句可怕的尖叫聲。昨天在學校出的糗事，又讓她憂心起來，因為今天到學校，準會被同學們嘲笑。那麼……那麼……「不要——，我不要上學！」她在心裡叫一聲，趕緊閤上眼睛，希望睡神能再度帶她進入無憂無慮的夢鄉。

偏偏愈想睡，愈是睡不著。她除了聽到公雞不斷的討厭啼聲之外，也聽到牆上掛鐘的滴答聲，那規則的滴答聲，愈聽愈覺得好像在重複說：「偷尿尿，偷尿尿，偷尿尿……」

「不要──，不要聽！」淑惠兩手掩住耳朵，忍不住抽抽噎噎小聲哭起來。

「哭什麼？小心別把小弟吵醒了。」正在梳頭，準備到廚房煮稀飯的媽媽走到淑惠的枕邊，問她說：「作惡夢是不是？再睡一會兒，要上學還早呢！」

淑惠不敢哭了。只好假裝又入睡了。到了該起床的時候了，她還繼續裝睡。儘管媽媽連催三次，她還是賴著不肯下床，幸好爸爸發現了，走過去問她說：「不想上學是不是？不要緊，晚一點再去，我請你阿姨帶你去。」

住在隔壁兩家的阿姨很快就到了。淑惠的爸爸在另一個學校教書，大概是上班前，先繞道去請她過來的。

淑惠特別喜歡這位阿姨，因為每次媽媽說「笨阿惠不可能當班長」時，她都會挺身護著淑惠說：「姊姊，我跟你打賭，如果她入學後當了班長，你要給我什麼？」

「辦一桌酒席請你！」媽媽毫不遲疑的回答。

淑惠知道阿姨不會笑她「偷尿尿」，也許還會拜託老師，請小朋友們不要嘲笑她呢！所以安心的被阿姨牽著手，遲半個鐘頭，等上課了才到學校。

「啊，『偷尿尿』的來了。」淑惠還沒進入教室，就聽到這樣的私語聲。

老師翻白眼睛向那名說話的學生一瞪，厲聲說：「以後誰再說這句話，就不是好學生，要罰掃廁所喲！」

那時候教一年級的老師，上課都講臺語，學生要到三四年級才會講日語，因為在家裡大家都不講日語。

老師牽著遲到的淑惠到講臺上，對全班小朋友說：「你們看，她一身穿得整整齊齊又乾淨，她的名字叫做『ㄊㄟ˙ㄒㄧㄒㄧㄡ ㄎㄨˋ ㄎㄟ』（日語：丁氏淑惠）。」老師連著念了兩次淑惠的日語名字，想一想又說：「不順口，不好叫。這樣吧，老師給她取個小名，以後大家就叫她『小惠』（日語讀音：ㄎㄟ ㄐㄧㄤ）這樣多好聽，多可愛啊！」

小惠好高興、好高興。一向她最恨的，是大家喜歡叫她「憨扁」、「愛哭鬼」一類的難聽綽號。萬萬沒想到，老師會賞給她一個可愛的暱稱——小惠，那不是故事書裡面的可愛小女孩兒常用的名字嗎？

「大家叫叫看，ㄎㄟ ㄐㄧㄤ。」老師說。

全班小朋友齊聲叫：「ㄎㄟ ㄐㄧㄤ！」

「嗨！」淑惠立正，很有精神的應了好大一聲。

剛入學的新生，頭兩天只上兩節課就放學，阿姨帶著一蹦一跳的淑惠回到家，到處宣布：「從今天起，大家要叫她小惠，那是老師給她取的新名字。以後誰叫錯了，我就不給糖吃。」阿姨是有名的裁縫師，有很好的收入，常買點心請丁家的孩子們吃。

第三天早上，小惠隨便扒了幾口稀飯，就催著哥哥早點出門，一起上學去。「急什麼？那麼喜歡上學呀？」哥哥問。

「嗯，我好喜歡我們老師，她很漂亮！」

到了學校，正要走入教室，背後傳來老師的聲音：「小惠，早啊！」

「老師早安！」小惠急忙轉身，給老師行了一個九十度的鞠躬禮。

老師跟隔壁梅班的老師走在一起，是一位男老師，也是臺灣人。男老師說：「這孩子氣質很好，是哪家的孩子？」

「丁家的孩子嘛，一看就知道是不是？可是奇怪，他們家為什麼不給孩子讀『小學校』，而來上『國民學校』呢？」

「丁家，有骨氣呀！」

小惠不懂什麼叫「有骨氣」，不過，她知道「小學校」是指專給日本兒童讀的學校。臺灣人的孩子想讀那所學校，除非有錢有勢，在地方上有聲望的少數幾家子弟之外，是不可能獲得入學許可的。「小學校」的制服是深藍色的，男生的外套有金釦子，帽子有金帽徽；女生則穿水手服和百褶裙，高級又漂亮。尤其每個學生都穿黑皮鞋、白短襪，比起多半打赤腳上學的「國民學校」學生，他們當然神氣多了。鎮上哪個小孩子不羨慕、不夢想進入「小學校」呢？

小惠當然也不例外。但她記得，曾經在無意中聽到伯父在跟一位醫生朋友討論，要不要讓子女就讀「小學校」的問題。醫生說：「我們遲早總得為孩子著想呀，入小學跟日本小孩兒在一起，學日語又快又標準。所讀的課本，也跟國民學校的不一樣，而且是小班制，一位老師只教十幾個學生，將來要考好的中學，容易多了。何況萬一筆試成績差一點兒，口試時也會被另眼看待，而討些便宜來彌補。別人想進都進不去，我們有機會，為什麼要捨棄呢？」

伯父沒好氣的回答說：「要去，你自己的孩子去讀好了，我們丁家子弟絕不念『小學校』。尤其我不贊成小孩子從小就養成『特權』觀念。我們丁家的遺傳有讀書細胞，只要肯用功，憑實力，我不相信考不取好中學。」

小惠不懂什麼叫「便宜」、什麼叫「特權」，她只知道「小學校」的課本，確實跟「國民學校」的不一樣。因為每天晚上，爸爸給他們上自修課時，除了熟讀學校教的課本以外，就是要多讀一本「小學校」用的課本。所以小惠認為課本不一樣，沒什麼了不起，最氣的是伯父不讓他們當「小學校」的學生。他不懂當了小學校的學生，就像故事書裡的小王子、小公主一樣，說多神氣就有多神氣呢！（國民學校的一年級國語課本，從「花」、「旗」、「頭」、「手」、「腳」等單字開始教；小學校則一開始就是完整的文章：「開了，開了，櫻花開了……」）

「討厭，討厭的伯父，原來是你這『老固執』在作怪！」小惠在心裡偷罵。「老固執」（臺語）是醫生臨走罵伯父的話，小惠猜想，大概是「怪人」的意思。

因為伯父確確實實是個怪人，他不像一般人的爸爸要做生意，或是上班，還是做工。只見他悠悠閒閒，常常把自己關在樓上一間不准任何孩子進去的書房，一關就是大半天。聽佣人們說，他不是自個兒在吟詩，就是在寫毛筆字。小惠知道丁家八戶裡面，這位伯父最有錢，因為他家有一個男僕、兩個女僕，共有三個佣人，可是他一點兒也不喜歡小孩子，每次看到包括他的孩子在內的大群孩子在遊戲，都好像沒看見一樣，不但不搭理孩子，連笑一笑都不

會，更不用說買糖果給孩子們吃了。

更奇怪的是，每天到了傍晚，他就會換穿一件寬寬鬆鬆的中國長袍，從後門出去，站在一片翠綠的田野間，悠然看天邊的夕陽和彩霞。或走到田埂上，踱來踱去的散步。路上的人都向他躬身打招呼，稱他「守義舍（爺）」。

小惠曾經問媽媽，伯父有什麼了不起？媽媽說，伯父是大地主，很多佃農靠他的田吃飯。每天傍晚出去散步，就是在「巡田」。媽媽還說，伯父很有學問，曾經到日本留學，是日本明治大學畢業的。

小惠聽了好驚訝，伯父自己是日本留學的，為什麼不讓丁家子弟讀日本人的「小學校」呢？而且也從來沒聽他說過半句日語，小惠一直以為伯父跟祖母、姑婆、嬸婆那些老人一樣，不會講日本話呢！

小惠坐在自己的位子上，默默想著怪人伯父跟別人不一樣的種種，忽然聽到老師叫了一聲「小惠」，她才從沉思中醒轉過來。

「嗨！」小惠急忙回答著站起來。

「你到辦公室，幫老師拿桌上的點名簿和一盒粉筆來。」

「嗨！」小惠好高興。她聽哥哥姊姊們說，當班長，就是喊口令和到辦公室幫老師拿東西。那麼……老師是不是有意要讓她當班長呢？小惠走路一蹦一跳，愈想愈開心。

第一節上國語課，簡單幾個字，小惠閉著眼睛都會寫。但她還是坐得直挺挺的，兩眼注視著老師，一字一音的認真跟著老師念。因為她太喜歡老師，儘量要表現她的「乖」給老師看。

第二節上圖畫課，老師說，隨便畫什麼都可以，她分給每個小朋友一張白色圖畫紙，分到一半，就叫小惠出來幫忙。小惠一邊分一邊想，要怎樣把老師畫得像仙女一樣漂亮，因為她聽到老師說畫什麼都可以的時候，就毫不猶豫的決定，要畫她最喜歡的老師了。

下課鈴還沒響，老師拿起小惠畫的圖，問她：「你畫的是老師？」

「對呀！我幫你擦了腮紅，又塗了口紅，這樣更漂亮！」在家不愛講話的小惠，遇到這位她最愛的老師，變得很愛講話。尤其在半句日語都不會講的多數同學面前，她能以流利的國語（日語）跟老師對話，看到同學們仰慕的眼光，恨不得有更多機會能多講幾句呢！

老師誇她畫得太好太好了。下課後，馬上拿給隔壁班的王老師看：「你看，我們班的小惠畫的！」

「欸，真有點兒像呢！兩條辮子和蝴蝶結。雖然沒有畫上衣，但有裙子，不像一年級生畫的嘛！」

「對呀，我看她是個天才，你不知道她自己的名字寫得多端正、漂亮！日語也講得很流利，而且很乖，實在難得！」

「嗯，真的是名不虛傳，丁家子弟各個都優秀！」

兩位老師講話全用日語，但小惠百分之百聽得懂，所以臉紅紅的，一溜煙的跑開了。

愜意的學校生活，一天天的過去，到了第十天，老師正式宣布丁氏淑惠是一年櫻班班長。副班長是讀過幼稚園的林氏明嬌。她的爸爸是牙醫，人長得很可愛。

小惠一蹦一跳跑回家，大聲嚷嚷著說：「我當班長了，我當班長了！」然後像瘋了一樣，跑到後院，對著一群雞鴨鵝大聲喊口令：「起立！敬禮！坐下！」「向前看——齊！」「放下！」「立正！」「稍息！」「向右——轉！」「向左——轉！」一次又一次的喊，喊得聲音都快啞了。

4 探險闖禍

為什麼小惠還沒入小學，就會說日語，也會讀書寫字呢？因為丁家規定，小孩子一起玩的時候，要儘量講日語（配合學校教育），不過在父母以上的長輩面前，卻禁止說日語，要講臺語。小惠成天跟著比自己大的親兄姊和堂兄姊們玩，自然學會日語。而臺語是母語，所以小惠從小就是日語與臺語的「雙聲帶」。至於讀書和寫字呢？雖然丁家子弟不上幼稚園，但是有小惠的爸爸主持的「丁家子弟晚自習室」，滿六歲（當時的學制，滿七歲才能入小學）就要開始跟著大哥哥、大姊姊們學寫字，學念書。

小孩子學日文很簡單，只要把「（ㄚ）（ㄧ）（ㄨ）（ㄟ）（ㄛ）……」五十一個字母記熟，不需要再學拼音，只要把排在一起的各音母，一音一音的接起來念，就是詞語，就是句子。從小會講日語的小惠，熟記五十一個簡單的字母以後，發現自己會看故事書，真是興奮極了。

在學校當老師的爸爸，有一大書櫥的日文書，從幼兒圖畫書到成人小說，一格又一格的，從地面到天花板下，幾乎占了整片牆壁。下面幾格是開放式的，丁家的小孩子都可以隨時搬出來看。但規定必須在書櫥前一張矮桌子前，席地坐著看（地上鋪草蓆），看完放回原位，絕不准帶到自己的房間或其他地方看。這面書牆，就在丁家中央廳堂的左側，場地寬敞，一次十幾個孩子一起看，也不用互相推擠。

小惠剛升上二年級時，除了愛看圖畫書、故事書之外，也很愛看學校還沒教的二、三年級，甚至四年級的國語課本。因為課文多半是精采的童話故事，例如伊索寓言裡面的有趣故事：〈龜兔賽跑〉、〈貪心狗〉、〈烏龜飛天〉、〈青蛙吹肚皮〉、〈金雞蛋〉、〈聰明的烏鴉〉、〈父子和驢〉、〈挖財寶〉、〈金斧和銀斧〉……還有日本的古典童話〈桃太郎〉、〈叫枯樹開花的老公公〉、〈摘瘤爺爺〉、〈被剪舌頭的麻雀〉、〈猴子和螃蟹〉、〈香久姑娘〉、〈一寸兒〉……這些課文不但讓小惠百讀不厭，簡直愈看愈著迷。

雖然三、四年級的課文夾雜著難寫的漢字，但旁邊有注音，小惠每一課都會念，也都知道故事內容。丁家的小孩子還沒上學就會看簡單的故事書，一點兒也不稀罕，小惠也不覺得自己有什麼了不起。不過她因為愛哭，很多遊戲都被拒絕加入，所以自己看書的機會和時間比別人多。

在幾本插圖畫得特別可愛，也特別漂亮的圖畫故事書裡面，她最偏愛的一本是《一休小和尚》，聰明孩子跟大人鬥智的有趣故事。其中最絕的一招是：

有一次老和尚下山，五、六個七八歲的小和尚，在打掃禪房的時候，不小心打破了老和尚一個珍貴的花瓶。那名闖禍的小和尚知道，必然會遭到一頓毒打，所以哭得很傷心。聰明的一休小和尚靈機一動，捧出一罈「毒糖」，叫大家儘量吃，說：「我們集體自殺算了，免得天天被老和尚處罰做

苦工。」聽到自殺，大家嚇壞了，小小年紀，誰願意死呢？

但是一休小和尚卻大大方方用長柄木茶匙挖著，自顧自的吃起來，而且一邊吃，一邊舔著嘴唇說：「好甜、好香、好好吃啊！來，你們要不要嘗一口？」大家我看你，你看我，都覺得一休小和尚瘋了。「你，你……真的不怕死？」

「死不了的！我保證，絕對不會死！」一休小和尚肯定的回答著，繼續一口一口的吃。

「可是，可是……老和尚說，那是大人才可以吃的補身的『毒糖』，小孩子吃了會死的。」

「那是他怕我們偷吃，騙我們的。這是好吃的麥芽糖！」

「嗄，麥芽糖？」大夥兒圍過去搶著吃，滿滿一罈子麥芽糖，只一會兒就吃得罈子見底，半滴也不剩。

「這下不是更糟了嗎？」一名小和尚突然從美味的陶醉中清醒過來：「不但打破花瓶，還吃光了老和尚私藏的點心，我們會被打死的。」

「那就哭吧，儘量大聲的哭，哭到老和尚回來。」

一休小和尚首先發出哭聲，其他小和尚「哇——」的齊聲哭起來。大家哭得眼

淚、鼻涕直流，一休小和尚偷看、偷笑，他沒有流眼淚，但繼續發出假哭聲。

老和尚回來了。一進門，看到一群小和尚跪在地上哭，他的寶貝花瓶變成碎片撒得滿地都是，有一個空罈子滾落在牆角。「這，這……這是怎麼回事？」老和尚漲紅臉怒喝！

一休小和尚上前，繼續裝著哭聲說：「我們快要死了，嗚嗚……我們吃了您那一罈『毒糖』，我們要自殺，嗚嗚……因為我們不小心打破了您的寶貝花瓶，我們怕您會打我們，所以，所以……嗚嗚……」

「氣死我了，滾，統統給我滾出去，要哭，到外面哭去！」

逃到外面，那名闖禍的小和尚擦乾眼淚，迫不及待的問：「好奇怪哦，他怎麼沒打我們呢？」

「我知道他只會生氣，不會打我們。」一休小和尚得意的回答。

「一休，你好聰明喲！」大夥兒開始走貓步，躲到窗臺下，偷看老和尚生氣的清理著花瓶碎片。一休小和尚趕緊比手，叫大家忍住偷笑聲，指揮大家快逃回自己的臥室，才開始抱著肚皮大笑，每個人都笑得東倒西歪。

小惠當了班長以後，丁家的人再也沒有人小看她了。尤其她看的故事書多，在跟堂姊、堂妹們辦家家酒的時候，常常會出主意，導演各種故事短劇。而且滿腦子充滿著「善有善報、惡有惡報」的故事教訓，她自己當然絕對不敢說謊、不敢做壞事，還天天幻想著有什麼善事可以做，好讓她享受得到善報的驚喜。

有好幾次，她邀最要好的小堂姊淑靜，拿著捨不得花的零用錢，或是想吃而強忍著不吃留下來的零食，到後門外，送給一名常蹲在土地公廟邊，給小女兒捉頭蝨的女乞丐。然後幻想，會不會從土地公廟屋頂上冒出一位神仙，賞她們一根魔棒，好讓她們變出更多的錢和零食，去送給更多的可憐乞丐。愛漂亮的小堂姊說：「我不要魔棒，我希望變成故事書裡的『香花公主』，每開口說出一句話，就會從嘴裡跳出一朵香花，那才棒呢！」

可惜，每次幻想都落空。不過，小惠倒也不失望，因為她看到那名小乞丐，興奮無比的吃她們送的點心，以及乞丐媽媽連聲誇讚她們慈悲善良的感謝話，小惠就覺得做善事很快樂。尤其認為自己是真正的好心人，更打從心裡感到滿足與安慰。

另外，故事書使膽小的小惠，也變大膽了。她很想嘗一嘗冒險的滋味，只可惜一直沒機會。

有一天，機會終於來了。小堂姊淑靜說：「我爸爸到彰化八卦山開同學會，我媽媽跟十八嬸婆到媽祖廟燒香去了。」淑靜是怪人伯父的女兒。十八嬸婆是住在舊厝那邊，是婆輩最可親的一位。丁家是有名的大宗族，分住於新厝和舊厝兩棟大宅院。孩子們隨著大人跑過來跑過去，遇到長輩就喊一聲某某叔公或某某嬸婆，不喊就是沒有禮貌。

小惠每次攙扶著祖母要去舊厝，都戰戰兢兢的，唯恐喊錯了，會挨祖母的罵。她常在心裡嘀咕，那麼多的伯婆、嬸婆，哪位是二十嬸婆？哪位是二十一嬸婆？每位都同樣穿黑綢緞短衫和長裙，額上都綁一條繡花又釘珍珠和翡翠片的黑頭巾，兩手都戴玉鐲，小小的纏腳上穿的，也是差不多一樣的繡花鞋，教人怎麼認、怎麼分嘛！不過，十八嬸婆是絕對不會認錯的，因為她最漂亮，也最常到新厝這邊來找同輩，或媳輩的女眷們談天話家常。

「你爸爸、媽媽都不在家，那，三個佣人呢？」小惠急忙問。

「跟兩個來挑水肥的，圍蹲在井邊，玩『捻豆仔』（一種小賭博）。」淑靜說。「嘿，是好機會耶！」小惠亮起眼睛說：「我一直想看你爸爸樓上的書房，趁沒人在，帶我去探險好嗎？」

「根本沒什麼嘛！除了一些書和硯臺、毛筆之外，就是幾個花瓶，有什麼『險』可以探呢？」淑靜覺得好笑。

「可是你爸為什麼禁止小孩進去呢？沒事，連佣人都能進去，不是嗎？一定有什麼祕密！」小惠故事書看多了，喜歡做奇奇怪怪的想像。「拜託啦，帶我去。」

「我也要去。」在一起玩的幾個小堂弟和小堂妹，都吵著要跟她們去，小惠怕他們大聲嚷嚷，會驚動全神貫注，正在玩賭博的佣人們，只好「噓！」一聲，叫他們悄悄跟著走。

丁家的四大進房子，只有面街的一排是雙層的樓房，伯父的書房，就在那排樓房左側最靠裡的一間。窗外有個方形陽臺，欄杆是一根一根的石雕柱子，很精緻、漂亮。天晴的日子，常常隱約能見伯父坐在陽臺上的搖椅晒太陽、看報紙，但那兒也是孩子們的禁地。一心想「探險」的小惠，當然也想上那「遙不可及、高不可攀」的神祕陽臺走一圈兒。

淑靜帶頭，小惠領著一小隊五、六歲的小嘍囉，悄悄的繞道走側門，潛入伯父家的廚房。然後經過飯廳和小客廳，再從最前面的大會客廳旁邊的樓梯，一級一級的魚貫走上二樓。淑靜的房間也在二樓，小惠常到她房間辦家家酒，但是伯父的書房在另一邊，她一次也沒挨近過。

這一次直接走向伯父的書房。淑靜把門一推，說：「看吧，沒什麼嘛！」果然沒什麼。空大的房間只有一張大書桌和一張躺椅，不過牆邊書櫥裡的書，都是黃黃舊舊的藍布書皮線裝書，那種書不翻也知道，裡面沒有插畫，而且密密麻麻全是難寫的漢字。小惠的祖母房間抽屜裡，也有好幾本。倒是牆上一幅特大號的毛筆字讓小惠很驚訝：「這麼大的字，是用什麼筆寫的呢？」

「喏，那一排全是。」淑靜指大書桌後面。原來有一個像屏風一樣的筆架。由小而大，有一大排的毛筆都懸空倒掛著。最大的，像一枝小掃把。小惠好奇的拿下來，在地上掃畫兩下，問淑靜：「那幾個字怎麼念？」

淑靜用臺語念：「**高風亮節**。」

「什麼意思？」

「不知道，我爸爸說，等我大了，他會解釋給我聽。」

小嘍囉們對書房好失望。小堂妹推開通陽臺的門，大叫一聲說：「呀，好多箱子和『戲服』！」

原來陽臺上正晒著舊衣物，那是孩子們最感興趣的。冬天裡出大太陽的日子，丁家的人常會搬出一箱又一箱的舊書畫和舊衣物，在鋪石板的天井，披放在長條板凳上晒太陽。孩子們稱舊衣物為「戲服」，因為跟戲臺上演歌仔戲的戲子們穿的衣服一模一樣，亮亮的綢緞料子做的衣服、褲子和裙子，衣袖都又寬又大，而且繡很多花，還有金色或銀色的滾邊兒呢！

每次晒這些衣物的時候，小惠的祖母和嬸婆們，都會沾沾自喜的說，那是她們年輕時穿的最漂亮衣服。然後一件一件指著介紹說：「這是我的新娘禮物，這是你們爺爺的，這幾件是『嫁妝衣』，那些花兒都是我們親手繡的……」

孩子們當然都想穿著玩玩，但是老人家們總是小氣的說：「在蓆子上穿，不要弄髒了。那是有錢也買不到的珍貴紀念品。」

衣物。

伯父家有樓上陽臺，所以不在天井晒，孩子們不知道他們家今天在晒舊

「你扮新郎，我扮新娘，我們來演我祖母講的故事〈梁山伯與祝英臺〉。」「那我呢？我要扮演什麼？」

一群小蘿蔔頭興奮的亂套，亂穿起來。穿好了，一個個都想走進屋裡照鏡子。淑靜撩起太長的裙襬，正要跨門檻進屋，不小心絆了腳，跌倒時推到門邊的檀香木茶几，上面一個瓷花瓶匡啷啷掉到地上碎成一堆破片。淑靜「哇──」的大哭起來，一邊哭一邊說：「那是我爸爸的大寶貝，叫做『古董』，有錢買不到的。怎麼辦？怎麼辦？……嗚嗚……他一定會打我。」

一群小蘿蔔頭全嚇呆了。最小的小堂妹跟著哭起來。小惠靈機一動，說：「快別哭，我有辦法。我們學『一休小和尚』，就不會挨打。」

《一休小和尚》那本故事書，是丁家小孩子共同的最愛，連四、五歲的

小娃娃，都知道一休小和尚比大人還聰明。

「怎麼學嘛？」淑靜停止哭聲問：「我爸爸沒有麥芽糖，而且也沒騙過我，說什麼東西吃了會死呀！」

小惠迫不及待的說：「有，我祖母抽的鴉片煙*！她每天晚上都抽，卻警告我們不可以碰，說那是有毒的，小孩子吃了會死。」

「咦，對呀，你好聰明喲！」大夥兒好興奮。

小惠一轉身，飛也似的跑，衝過第一天井，又穿過第二天井，然後改為貓步，悄悄潛入祖母的房間。幸好祖母午睡得正熟，聽到均勻的鼾聲，小惠放心的偷開抽屜，偷拿出一小包用玻璃紙包的鴉片煙膏。然後一陣風似的飛回伯父的書房。「吃吧，不會死的，我祖母抽了不知幾十年了，吐出來的煙氣，香得很呢！」小惠打開紙包，大家看到鴉片煙膏黏黏糊糊，倒有點兒像麥芽糖，只是顏色好黑，又有一股怪怪的漢藥味。

小堂弟說：「很像貼爛瘡的黑藥膏嘛！」

「對呀，這，誰敢吃呢？」

小惠用小指尖兒沾一滴，放在舌尖上舔了一下，馬上吐出來說：「好苦哇！」

「不要，不要，我不要吃。」大家急忙搖手又搖頭。

「那就假裝我們都吃了吧！等一下伯母回來，大家要蹲在地上哭，說我們快要死了，好不好？」

「好好好！」大家異口同聲贊成，不過，大家都沒有心情玩了，一個一個正在脫戲服的時候，登登登……伯母和女佣桂花上樓來了。

閱讀補充包

時代這樣改變，真好！

清朝時候，英國為了賺錢，拼命賣鴉片給中國。吸鴉片煙會上癮，最後清廷禁煙，引發中英鴉片戰爭。二十世紀初，小惠祖母那個年代，民間仍有吸食風氣。好在大家漸漸認識毒品的害處，鴉片煙才在常民生活裡消失了。

大夥兒急忙蹲下去，擠在一起低頭假哭起來：「嗚嗚嗚……」一邊哭，一邊假裝擦淚，演戲演得很逼真。

「這，這……」伯母楞住了，桂花卻叫起來：「哎呀——打破花瓶啦！」

伯母回頭一看，臉色一陣青，一陣白，大聲怒喝：「誰打破的？」

「不知道是淑靜，還是我碰倒的，嗚嗚……我們怕伯父打我們，所以我們吃了鴉片，我們快死了，嗚嗚嗚……」小惠一邊說，一邊假哭，裝得像真的一樣。「啊！吃了鴉片？」伯母驚叫：「你們都吃了？哪兒來的鴉片？吃、吃、吃……吃了多少？」

看到伯母驚慌的模樣，大夥兒「哇——」的，真的哭起來。

沒想到伯母一轉身，拿起雞毛撣子，朝著桂花鞭打起來：「你這死丫頭，不看家也不看孩子，死到哪兒去了！我沒力氣打，等老爺回來，看他怎麼修理你！」

「不要打了，不要打了，以後不敢了，以後不敢了……嗚嗚……」哭叫的不是桂花，而是那群蘿蔔頭。

伯母氣紅了臉，轉身掰開淑靜的嘴聞一聞，逼著問：「你真的吃了？」

淑靜直視著伯母的怒眼，輕輕搖頭。

「是誰出的笨主意？小惠是不是？你知不知道吞鴉片，真會害死人的？你呀，快給我回去，看你媽怎麼修理你！」

小惠帶著一群小嘍囉，奔下樓梯，各自跑回自己家躲起來。很快的，他們闖禍的消息傳開了。小惠當然逃不過懲罰，被罰跪了半個鐘頭。

傍晚時，伯父從彰化回來，聽說沒生很大的氣。而且最心疼的，不是那只被打破的寶貝花瓶，而是被孩子們的髒手和眼淚沾污的那些「戲服」。更意外的是，伯父竟然傳話下來，說那天晚上要請丁家的孩子們全到他的書房，他要講那些「戲服」的故事，還說準備了糖果、點心要給孩子們吃呢！

5 「戲服」的故事

淑靜是後娘生的，年紀比小惠只大一歲。伯父的前妻生的孩子，有三男一女，都已經上中學，伯父為了讓他的孩子讀最好的中學，特地在臺中買一棟房子，並叫孩子們小時候的奶媽，去主持那棟丁家子弟的「臺中宿舍」。除了伯父自己的三個讀臺中一中的兒子，和一個讀臺中高女的女兒之外，其他堂親在臺中讀中學的子女，也可以住那棟宿舍。

小惠他們闖禍那一天，剛好是星期六，所以住臺中的大哥哥、大姊姊們，都在傍晚吃晚飯時回來了。

飯後，大家無比興奮的，陸陸續續到伯父的二樓書房集合。伯父一改平日的嚴肅表情，親切招呼孩子們吃點心和水果。等大家到齊了，才開鎖，從一個大抽屜裡拿出一張地圖攤開來，掛到一面牆上。

他先指著書桌旁兩大木箱的「戲服」說：「這不是演戲的戲子們穿的戲服，而是我的母親年輕時候穿的高貴的中國服裝。她的祖父和我的祖父——也就是你們的曾祖父，同樣是非常有學問的『進士』。」

「什麼叫進士？」大堂哥迫不及待的問。

伯父想了一下，才回答說：「簡單的講，從前的讀書人想知道誰的學問好，就要參加國家舉辦的學力鑑定考試，叫做『科舉制度』。清朝的時候，考試分秀才、舉人和進士三個等級，能考中舉人或進士，就有機會被政府延攬去做大官。進士是最高學位，要到首都北京去考，錄取率不高，能考取，非常不容易。想想看，你們的曾祖父從臺灣到那麼遙遠的北京參加考試，不知有多辛苦，大概花了好幾個月時間才到達呢！」

「北京在什麼地方呢？」丁家的孩子裡面最大的大堂姊芸姊問。她是伯父的大哥——大伯父的大女兒，大伯父因為去世得早，所以本來應該稱二伯父的淑靜的爸爸，就被略稱為伯父了。

芸姊在彰化高女（彰化女中）讀四年級（當時的中學四年制，等於現在的國中加高中），因為住校，所以不常回來。芸姊和小惠他們年紀相差太多，每次回來都躲在屋裡看書，所以跟小惠他們這群小蘿蔔頭很疏遠。

伯父指著牆上的地圖說：「臺灣在這兒，北京在這兒，離得很遠是不是？」

「咦，日本不是這一塊嗎？」四年級的阿哲問：「為什麼不是到日本去考，而到這什麼國家去考呢？」

芸姊說：「傻瓜，我們的祖先是唐山人，不是日本人啦！」

伯父猛嘆一口氣說：「今天我要告訴你們的就是這句話——我們的祖先是從唐山來的。」他指著地圖說：「就是這兒，福建省泉州府。唐山人就是中國人。我們丁家的祖先從唐山移民到臺灣來，已經有一百一十多年了，你們是第六代。」

「在我和你們的伯伯、叔叔們都還是小孩子的時候，臺灣是由滿清政府管轄的。但是在一八九四年時，中國跟日本打仗，叫做『甲午戰爭』，無能的滿清政府戰敗了，為了賠償，竟然把臺灣割讓給了戰勝的日本國。」

「為什麼不割別的地方，而要割我們臺灣給人呢？」大堂哥迫不及待的問。

「因為日本想要臺灣呀！從地圖上你們可以看到，日本是個國土很小的國家，為了擴充領土，所以動用武力想侵略別的國家。我們臺灣島四季如春，氣候好，物產豐富，加上民情樸實善良，而且離日本那麼近，有野心的日本政府，當然想占領。當時臺灣人很悲憤，雖然向清廷抗議，拒絕日本人到來，但是清廷卻置之不理。臺灣人就像窮苦人家的孩子，被父母賣給債主一樣，清廷根本不敢吭聲，不敢支援臺灣人自組的抗日義軍。一時局勢很亂，鹿港成了抗拒日軍上岸的戰地。」伯父猛嘆一口氣，繼續說：

「我們丁家是經營『船頭行』（臺灣與廈門之間的航運）的，自家有船隻，所以決定全族遷回祖籍——福建泉州暫時避難。等到時局安定了以後，才又全族重回鹿港老家。回來的時候很傷心，因為鹿港缺乏精良武器，也缺乏組織和有力領導人的『抗日義軍』，被殘暴的日軍打得死傷慘重，只好投降，很認命的接受，臺灣已經成為日本的殖民地了。」伯父又嘆一口氣，慢慢喝了半杯熱茶，才又接著說：

「我們丁家的舊厝和新厝兩邊大宅院，在戰時被日軍占據為軍營，所以所有的值錢家具和珍貴的書籍，以及有紀念性的寶物，幾乎全被摧毀。現在在我書房裡的這些古書、古物和古衣，是從廢墟中撿回來的，如果再遭損害，我們丁家就真的沒有任何祖先留下來的紀念品了。所以我謹慎保管，禁止你們小孩子進來。

「然而你們一直以為，我這兒有什麼祕密是不是？現在你們都看到了，什麼祕密也沒有。不過，我自己心裡倒有個祕密，那就是我的骨子裡，從來沒有承認過我是日本國民。不過，這是不能說的，說了會惹很大的麻煩。你們跟我們老一輩的人不同，你們出生的時候，國籍就是日本國民，而且日本政府也已經把臺灣建設得很進步，衛生好、交通方便、社會安定、學校多、醫院也多，大家的生活也相當不錯。所以，你們不需要罵日本政府或討厭日本人，現在你們最重要的是好好讀書，只要有知識，以後長大要做什麼事都方便。最後，我要你們牢牢記住的一句話是：『我們是書香門第，是進士的曾孫，讀書一定要比別人強！』」

「二叔，剛才您不是說，考中進士就有機會做大官嗎？我們的曾祖父做了什麼官呢？」芸姊問。

伯父說：「沒有，他沒有做官，而做了白沙書院院長，也就是彰化一帶的地方人士合力興建的學校校長。本來你們的曾祖父考中進士時，光緒皇帝指派他做廣東省的儲備官員，只要有缺，隨時都可上任當知縣（縣長）。但是一方面路途太遙遠，老人家不想舉家遷居到他鄉做官；一方面是本身對於從事教育工作較有興趣，因此自動放棄做官的機會，而回臺灣自己的家鄉，不但教育地方上的學子，也教育自家的孩子。結果五個兒子出了四個『秀才』，丁家也就被稱為『書香門第』了。」

「我知道，我爺爺是秀才。」小惠搶著說。

「我爺爺也是！」堂弟彬彬也爭著說。

伯父笑著說：「不用吵，你們全是秀才的孩子，所以要好好的讀書，否則會丟丁家的臉喲！」

那天晚上，聽得最認真、最專心的是芸姊。小惠他們幾個較小的，因為不太懂，所以只顧吃點心。不過，他們知道伯父的意思，是要大家用功讀書，不然會對不起祖先。

6 特別的日本老師

西元一九四三年四月，小惠剛升上三年級的時候，換了一位新的級任老師，叫做川端老師，是剛從日本來到臺灣的年輕女老師。那陣子日本政府在臺灣推行的「皇民化運動」，正達到最高潮。

先說什麼叫「皇民化運動」吧，簡單的說，就是要徹頭徹尾改變臺灣人的生活方式，過一種跟日本人沒有兩樣的風俗習慣生活。日本是帝制的國家，所以人民稱自己為天皇的臣民，簡稱就是「皇民」。為什麼日本要臺灣人皇民化呢？因為那時候日本侵略中國的戰爭，已經演變成第二次世界大戰，日本不但要對付中國大陸的抗日戰役，還得對抗英、美、蘇、法等世界強國聯合起來的盟軍。日本極度缺乏兵力，因此想徹底把臺灣人改變為真正的日本人，好讓臺灣人為日本帝國和日本天皇盡忠，為他們服兵役、當砲灰，出錢出力又犧牲生命。

當時在恐怖的高壓政策下，臺灣人沒有能力，也沒有人敢反抗，只好乖乖的任憑日本統治者擺布。

皇民化運動軟硬兼施。首先以半強迫方式，要臺灣人改姓換名，把「陳火木」、「施錦玉」一類的漢名，改為「小川一郎」、「竹田芳子」一類的純日式名字。如果改了，就是「皇民」，那就不可以講臺語，而要完全講日語。如果家裡也改成睡榻榻米，不上「媽祖廟」、「城隍爺廟」燒香，而到日本神社參拜，家裡也供奉日本人信仰的「天照大神」，那就是「模範家庭」。拿戶口簿去購物，不但可以和日本人一樣，享受較優厚的米糧與日用品的配給，在公家機關當小職員的人，也可以多領幾文薪水。在極度窮困的戰時生活中，很多人抵不過這樣的誘惑，無可奈何的改了姓名。但也有不少家庭一拖再拖，藉口說想不出恰當的姓，而不肯改。

小惠的新級任老師每天都逼問學生，改了姓名沒有？有人舉手，道出新改的姓名，老師就請她上講臺，誇讚說：「好好聽的名字。從今天起，你就跟內地人（當時稱日本人為內地人，臺灣人為本島人）一樣，是真正的日本人了，請大家鼓掌。」

啪啦啪啦啪啦……

臺上的小朋友好得意，臺下的小朋友好羨慕。回家當然都會找父母，吵著要趕快更改姓名。

小惠也不例外，但是看到爸爸愁眉不展的推辭說：「會的，會幫你改，可是總得要給爸爸時間好好考慮，才能想出好名字啊！」

「一天拖過一天，別人都想得出來，為什麼爸爸的腦筋這麼不靈光呢？」小惠竟然大膽頂撞爸爸。

有一天，晚自習下課後，小惠看到爸爸不回自己家，而朝前面伯父的小客廳走，小惠悄悄跟著去，躲在門後偷聽他們是不是要談改姓名的事。

果然不出所料，伯父很氣憤的說：「哼！『死狗仔』（日人）竟然要迫使臺灣人滅祖滅宗，總有一天會得到報應的。我知道你是吃公家飯的公教人員，當然沒辦法違抗政府的政策。如果非改不可，那就改姓『町田』吧！『死狗仔』要去掉我們的丁姓，我不但不讓他們給去掉！還多加一個田字旁的『町』字，『町田』是標準的日本式姓氏，『狗仔』總沒話說吧！至於名字嘛，淑惠就叫惠子，淑靜就叫靜子，明哲就叫哲夫，每個人都留下一個字，不要全改。」

「妙，妙，真高明！還是二哥頭腦好！」爸爸讚不絕口。

淑惠躲在門後，在嘴裡念了一句「町田惠子」，不由得興奮起來。想到明天到學校，就能神氣的站在講臺上，接受老師的讚揚和全班同學的鼓掌，忍不住開懷的偷笑起來。

緊接著，她又聽到伯父說：「不過，那是取給老師在學校叫的，在家裡我們還是叫原來的名字，尤其戶籍登記千萬不要去改。配給少就少吃一點，餓不死的，做人要有骨氣。你是正式師範學校畢業的資深教師，不是代用教員，料他們也不敢革你的職。」

「當然當然，這我當然不怕。」

就這樣，丁氏淑惠變成了「町田惠子」。川端老師教學很認真，第一學期就帶全班學生去神社，實地示範教學純日本式的參拜方法。她說，參拜前要在專供人淨身的井口邊，用木杓子舀水倒在手心漱漱口，再洗一下左右兩手，然後走到神殿前，抓住一條殿前正中央，由天花板上垂掛下來的肥大粗痲繩，輕搖兩下，讓繩子頂端兩個大鈴叮咚響幾聲。行二鞠躬之後，閉著眼睛拍兩下手，合十祈禱，最後再鞠個九十度的躬，這就參拜完畢了。

因為儀式跟中國式的寺廟燒香拜佛完全不一樣，大家覺得很新鮮、有趣。所以像遊戲一樣，一個一個輪番上前「表演」，大家玩得很開心。

不過，回到家，卻看到婆輩的老人家們都很氣憤，大家議論紛紛說：

「叫我們不要到廟裡燒香還可以忍受，叫人家不要祭拜祖先，簡直豈有此理！我們不管，該拜的時候照拜，如果要罰就叫警察來罰，才不怕呢！」

丁家祭拜祖先的盛況，半點也沒受到「皇民化運動」的影響而簡化，在清明節、端午節、中秋節、重陽節、元宵節，或是祖先的忌辰日，丁家每戶都要端出十二道大菜，在中央正廳兩張連在一起的方形大供桌上，擺得滿滿的，一起祭拜祖宗神祇牌位。

這時候小孩子最高興了，因為整個丁家宅院的每戶廚房，都溢出香噴噴的，燒、煮、蒸、炸、炒等等佳餚的香味。每當有人端出一道熱騰騰剛做好的菜，就一路走一路嚷嚷：「讓開讓開，很燙哦！」端菜的多半是笨手笨腳，沒做過家事的爸爸們。等菜上了桌，婆輩的老人家和小孩子一起擁上前，「哇！好香、好好吃的樣子喲！」大夥兒圍著欣賞、點評。

小惠家有兩道名菜，是「魯班鴨」和「三絲卷」，每次小惠的祖母都要炫耀一番說：「這是我們北斗林家（祖母的娘家）傳下來的名菜，我教媳婦的。」就因為婆婆們都喜歡炫耀，所以燒菜的媽媽們不能不認真研究，學習烹飪手藝。喜歡說笑話的叔公最愛說：「要不要大家投票，看今天的『烹飪比賽』，誰家的媳婦得第一？」

祭拜時最熱鬧的是「上香」。因為丁家的禮教很注重長幼有序，上香時要按照輩分，由最長者依序，一個接一個上前，舉香膜拜。同年齡的小孩子常會計較，說誰比誰大幾個月。有一次，正在祭拜進士曾祖父時，彬彬排隊排到小惠前面。小惠推開他說：「你是幾月幾日生的？別忘了我比你大半個月。」

彬彬卻理直氣壯說：「你也別忘了，我是男的！」

「咦，男的跟女的有什麼不一樣？」小惠很驚訝。

伯父聽了笑著說：「淑惠說得沒錯，我們丁家男女平等，男的女的都一樣。」那天剛好是星期六，下午休假，所以不急著收拾吃午餐。延到下午一點半了，正廳還熱熱鬧鬧在祭拜。

沒想到小惠的級任老師——川端老師忽然來小惠家，說要商請媽媽幫小惠做一件舞衣，她要帶小惠到彰化，在勞軍晚會上表演跳舞。

小惠看到老師，霎時臉色變青了，因為老師在學校一再的告誡大家不要迷信，不要舉香拜拜。萬萬沒想到川端老師很好奇的看著祭拜盛況說：「哇——，這麼多的好料理，是在拜什麼神？」

小惠的媽媽急忙解釋：「不是拜神，是在祭拜祖先，今天是小惠曾祖父的忌日。」

「噢，拜得這麼虔誠，這麼隆重呀！惠子，你拜給老師看，老師跟著你學拜。」

全廳的人都楞住了，大家都以為這位日籍老師，會鄙視或譴責丁家不肯「皇民化」，沒想到她竟然要跟著學拜，這位日本女老師實在太特別，也太奇怪了。

小惠的媽媽會說流利的日語，川端老師好像他鄉遇故知一樣，跟媽媽談得很投機、很開心。原來川端老師的父親是研究民俗的學者，在日本一所大學當教授。

小惠撒嬌的拉著老師，要留她一起吃豐盛的午餐。老師客氣的說已經過午飯而不肯留下，媽媽趕忙去找個紙袋，把一盤拜完的「三絲卷」全倒進去，包好了送給老師帶回家吃。

第二天小惠到學校，很得意的到處告訴同學們，老師到她家舉香學拜拜。老師在無意中聽到了，馬上用食指比著嘴，「噓！」一聲說：「不能說，不能說，被別的老師聽到了，還得了！」她伸出手，跟小惠說：「來，我們勾勾手指，那件事是祕密，以後絕對不能說！」

小惠當然絕對遵守諾言。因為她很喜歡這位矮矮胖胖，一點兒也不漂亮，但是很有趣，很愛跟她聊天的可愛老師。

「老師，我可以到您家玩嗎？」小惠偷偷問老師，她完全把老師當朋友。

「不但可以，而且很歡迎。不過不要讓別的小朋友知道，星期天你跟明子（副班長林明嬌，改姓名為森明子）一起來，我請你們吃日本式的午餐，順便教你們練習跳舞，下個月要到彰化表演，要認真練習喔！」

「嗨！」小惠又跟老師勾了一次手指。她知道老師偏愛她，心裡說不出的興奮，一心想要如何討好老師，所以樣樣學習都認真，樣樣表現都比別人好。

星期天，小惠跟明嬌相偕到老師家，原來她是鹿港警察分室長（等於現在的分局長）的媳婦。她的先生也是老師，在日本人的「小學校」教書。老師的公公和婆婆十分嚴肅，小惠和明嬌一進門就感覺氣氛不輕鬆，所以怯生生的跪坐在榻榻米上，不敢亂動，也不敢亂說話。她發現活潑的川端老師，在家裡好像換了一個人似的，說話輕聲細語，對公公婆婆頻頻躬身行禮，樣子很謙卑。小惠目不轉睛的看著，覺得老師很可憐。

那頓午餐吃得很拘謹，也很痛苦。因為要端端正正跪在榻榻米上就著矮餐桌吃。而且冷冷的烤魚、涼涼的白豆腐沾醬油，以及甜甜的醬菜和鹹鹹的芋頭味噌湯，沒有一樣吃起來是對味的。小惠和明嬌低著頭猛扒飯。幸好飯後還有一道羊羹甜點和一顆橘子。在糧食要配給的那個時候，甜點和水果是非常難得的奢侈品。

飯後，老師帶小惠和明嬌到學校禮堂，在臺上練習跳舞。老師說她小時候正式拜師學過日本舞蹈，對舞蹈深感興趣。所以，在她自編自導下，小惠表演的一場獨舞——〈赤城搖籃歌〉（古代一位將軍唱給一名戰地小孤兒聽的安眠曲），在彰化表演時，得到全場熱烈鼓掌，後來在鹿港戲院又表演了一次，竟然轟動全鎮，那首歌一時成為大人小孩都愛唱的流行歌。

川端老師有空就會找小惠去聊天，她好像很想知道臺灣民俗的種種。但她是在「皇民化運動」開始才後才來臺灣的，這時鹿港的「媽祖生」大慶典，以及元宵夜的迎花燈化妝遊行、過農曆年時的舞龍舞獅、「天公生」的半夜放鞭炮等等深具特色與趣味性的民俗活動，都已經全面被禁止，所以

興安
安民安境母儀卓著四海靖波瀾
興國興鄉聖德敷萬家沾雨露

她什麼都沒看過。

小惠日語說得好，能夠繪聲繪影，描述給老師聽，所以老師常好奇的問東問西，甚至帶著小惠，偷偷去參觀寺廟，摸摸塵封的神轎和鑼鼓等等，小惠變成了老師的親密朋友。

7 焚書事件

「小惠，小惠——噢，不！町田，等等我，我們一起去。」校長規定，在學校裡同學之間要互相稱呼新改的日本式名字，不過，日本人的習慣是朋友之間多半呼喚姓氏，而不喊叫名字。所以，同學們都叫小惠「町田」，而不叫她「惠子」。

「麗珠，你也要——噢，不，吳本，你也要去上廁所嗎？」小惠回頭等她。吳氏麗珠變成「吳本麗子」，陳氏秀玉變成「東山秀子」，同樣姓陳的陳氏秀芳，改成「田川芳子」。兩三年來喊慣了的名字，一下子要改，實在不容易，這兒也在「噢，不！」那兒也在「噢，不！」大家笑成一團。喊新名字好像在玩遊戲，大家都覺得很有趣。

沒想到小惠的爸爸對別人怎樣改姓名，也深感興趣。聽到小惠說，一個姓吳的改姓「吳本」，大笑一聲說：「高明，高明！」然後聽到兩個姓陳的，一個改姓「東山」，一個改姓「田川」；另兩個姓林的，一個改為「森永」，一個改為「森」，爸爸想了一下，馬上點起頭來說：「有意思，真聰明，臺灣人智慧高，日本人什麼也不知道。」

「爸爸，您在說什麼？」小惠奇怪地問。

媽媽忙插嘴說：「沒有啦，爸爸是在誇讚，說大家都會取好聽的日本名字。」然後使個眼色，暗示爸爸不要多嘴。

另外一件過去沒有的新鮮事是，每天早上朝會的時候，六年級的班長代表，很神氣的站在升旗臺上了，立正高舉右手，像發誓一樣，帶領全校學生喊口號，他喊一句，臺下齊聲跟著喊一句，口號共有三句：「一、**我們是大日本帝國的臣民！**」「二、**我們要為國家盡忠！**」「三、**任何艱辛困苦的差事，我們都會完成！**」

那位班長代表，就是小惠的堂哥，所以小惠覺得很光彩，也很羨慕。回家以後，站在天井的石階上面，學著堂哥高舉右手，自個兒大聲喊：「一、**我們是大日本帝國的臣民！**二、**我們要……**」喊到一半，芸姊突然從房間裡衝出來，「啪！」一聲，打了小惠一記耳光，罵她說：「傻瓜奴才，要喊在學校喊，不要在正廳前面喊給祖先聽。」

小惠哇哇大哭，大伯母急忙跑過來，一面安撫小惠，一面罵她女兒說：「兇什麼？人家又不是你的親妹妹，怎麼可以亂打人？她還這麼小，能知道什麼？看你個性這麼衝，不安分一點，遲早會惹麻煩的。」原來芸姊在學校宿舍生病發高燒，所以請病假回鹿港，那幾天正在家裡吃藥休息。

果然沒多久，芸姊就在學校惹出一場大禍。

有一天，小惠跟平日一樣，結束了一天快樂的學校生活，一蹦一跳的往回家的路走。

不料，走到丁家大門口，卻發現兩名腰間配刀的警察，分站在左右兩邊守著門。小惠怕怕的，想闖進門，警察馬上一個箭步擋住她問：「你是不是這一家的孩子？」

「是，是的。」小惠忙點頭。

「那就進去，不准出來！」

一進門才知丁家大宅院，每個角落都有警察站著，在監視丁家人的舉動。正廳前面的第二天井中央，有一團熊熊烈火，不知燃燒著一堆什麼，只見火舌冒出一丈高，煙霧瀰漫，正廳朦朦朧朧，看不見供桌，也看不見祖先神位。大伯母在煙霧中拉著警察哭喊：「是我女兒闖的禍，燒我們一家的書就好了，不要燒別人家的，求求你們，大人（日治時代百姓稱警察為「大人」），求求你們……」

「滾開！不會教育孩子，竟然敢違抗大日本帝國的國策。你們丁家不是好東西，不徹底燒毀你們全部的中文藏書，以後你們的子弟會造反！」

原來正在燒的，是丁家八戶，每戶自動搬出來的線裝書。每個大人都低著頭，沒有一個人出聲說話，只是很心疼而又很不甘心的，把一本一本的藍布皮線裝書，投入熊熊烈火的火堆裡。伯父的三個佣人，也一趟又一趟的，從二樓伯父的書房，捧出一疊又一疊的珍貴書，「啪」的擲入火堆中。伯父背向天井，坐在書房外的陽臺上猛抽煙。纏腳的婆輩老人家都站得遠遠的，只是呆望著火焰，沒有人敢吭聲。

不一會兒，小惠的爸爸慌慌張張趕回來了，他認識鹿港警察分室長，也認識就在丁家隔壁的派出所所長。小惠聽到爸爸在向兩位求情說：「芸芸這孩子個性很強，不是家長疏於管教，實在是她不肯聽大人的話。而且十六、七歲正是青少年的反抗期，叛逆性是難免的。我本身學教育，最了解這個年齡階段的孩子不好教，但好好輔導，會改變的。在少年感化院，請你們用愛的教育教化她，她是個女孩子，求求你們善待她。」

「別囉嗦！」一位一看就知道官階最高的警官，怒視著小惠的爸爸說：「虧你是個教員，家族裡竟然培養出思想犯，你對得起國家嗎？」

鹿港警察分室的川端分室長給小惠爸爸介紹說：「這位是臺中州警察署派來的田中警官，其他的警察是由彰化郡警察課派來的，你們家這姪女膽子也真夠大，把彰化高女的校長給氣死了。」（當時臺灣島共分五州三廳，即臺北州、新竹州、臺中州、臺南州、高雄州及花蓮港廳、臺東廳和澎湖廳。鹿港隸屬臺中州彰化郡。）

「對不起，對不起，請原諒她。這孩子其實挺聰明的，請用感化的方式慢慢調教她，相信她

會改變的。」小惠的爸爸很謙卑的繼續向田中警官行禮求情。

大伯母因為沒有正式受過日文教育，日語不靈光，所以沒插嘴，只是陪著小惠的爸爸頻頻行禮，雙手合十做拜拜狀，不斷的用生硬的日語說：「拜託，拜託！」小惠不知道，芸姊到底做了什麼壞事。後來聽大人說才知道，原來芸姊在學校宿舍，到處勸告同學們不要改姓名，還傳紙條給同學們說：「日本人要給臺灣人滅祖滅宗，我們不要上當。」聽說為這件事，幾度被校長叫去訓斥，並且記了大過。最後，通知警察到學校宿舍，把她給抓進少年感化院，是因為演了一場公然造反的鬧劇。

據說，彰化高女的課程，每星期有好幾堂「家事課」，由古板而嚴肅的日籍女老師，教授純日本式的家庭生活。有時候在鋪榻榻米的大教室內，訓練學生學習日本女性的跪坐和跪禮等傳統禮儀，以及穿和服時的優雅舉止。

那天的單元是「日本的傳統新娘禮服穿戴方法」，一層又一層像包粽子一樣的和服，穿起來十分費事，老師很認真的一邊說明，一邊在給一名充當模特兒的學生穿戴時，芸姊突然拿出一個包袱打開來，亮出一套丁家孩子最愛玩的「戲服」，當著老師和全班同學的面，大大方方往自己身上穿戴起來。然後大聲說：「各位同學，這才是我們的傳統服裝。我們是臺灣人，不是日本人。」

老師和同學們全都愣住了。過了好一會兒，老師才從驚愕中醒轉過來，大喝一聲：「你瘋了？要造反是不是？」然後氣沖沖走出教室，把校長請了來。校長「啪！」的賞了芸姊一記耳光，然後命令她：「回宿舍去整理行李，我聯絡警察把你送去少年感化院關起來！」

就這樣，芸姊沒回家，直接從學校宿舍被押送到少年感化院。當然學校即時通知了在鹿港的家長。

但是丁家的大人們驚慌、氣憤之餘，決定封鎖消息，不讓孩子們知道這件不幸的禍事。

後來聽說，芸姊在感化院裡接受審訊時，說出她的「民族意識」，是從看書得來的思想與感情。因此，當局決定搜查丁家的大宅院，燒毀丁家的藏書。

藏書被燒光那天，所有的長輩都傷心的閉著嘴不說話。小惠不懂，那些留著也沒人看得懂的古書，被燒掉，有什麼好傷心的？可是大人都在猛嘆氣，祖母甚至在房間裡低泣。孩子們看到氣氛不對，也沒人敢說笑、嬉鬧，只覺得整個大宅院空氣凝重，叫人快窒息。

直到傍晚，小惠的爸爸突然宣布：「後天開始就要放暑假了，我每天帶你們去釣青蛙，也要帶你們去海濱游泳，還要計畫一次坐火車到彰化爬八卦山！」

「哇——，好棒喔！萬歲！暑假萬萬歲！」丁家孩子喧騰起來，整棟大宅院充滿了歡笑聲。

8 弄巧成拙

聽到暑假要去爬八卦山，又要去海濱游泳，還有釣青蛙和捕螢火蟲等等有趣的活動，丁家的小孩兒們個個都樂歪了。

「姊，爸要帶我們去彰化八卦山，妹妹爬累了，你要背她喔！」小惠跑進廚房，想轉告姊姊剛剛爸爸發布的好消息。

可是，奇怪——，姊姊怎麼理都不理人，好像在掉眼淚呢！她坐在灶前，幫媽媽照顧著灶火，只見她兩眼注視著灶內紅亮的火光，無意識的、不斷把一根一根的竹片，投到旺盛的火舌上面。

「姊，你怎麼啦?是不是在哭?」小惠探頭看看姊姊，又看看正在動鐽子炒青菜的媽媽。「咦，媽媽，您是不是也在哭?難道是……你們吵架啦？」小惠覺得不對勁，因為媽媽跟姊姊吵架是絕對不可能的。

小惠的姊姊比小惠大三歲，跟小惠讀不同的國校（原來的女校）。在學校，她是全六年級最優秀的模範生班長，回到家，也是丁家最有名的模範大姊姊。不但乖巧懂事，很會照顧弟弟妹妹們，也很會幫忙媽媽做家事，她是忙碌媽媽的左右手。所以，姊姊不可能惹媽媽生氣，更不可能跟媽媽吵架呀！

「唉——，如果考不取，那是『命』。」媽媽有氣無力說：「早不鬧晚不鬧，偏偏在這個時候鬧出這種事。芸芸這ㄚ頭也不想想，以後丁家的女孩子進不了彰化高女。」媽媽不說還好，這一說害得姊姊嗚嗚大哭起來。

「媽，您說什麼？」小惠奇怪的問：「姊姊成績那麼好，怎麼會考不取彰化高女呢？」

「你不懂啦！」媽媽不理會小惠，轉過身安慰姊姊說：「淑清，不用擔心。有個好辦法，那就是正式改姓名。『町田清美』，滿好聽的。到役所

（公所）辦個登記手續，就用町田清美這日本名字去報考，學校就不會知道你是丁芸芸的堂妹了。」媽媽為忽然想到的「好辦法」而有了信心，喃喃自語般說：「我盼女兒替我去讀高女，盼了二十多年了，我的終生遺憾，就等著女兒幫我尋回補償，怎麼可以落空呢？」

小惠終於明白，原來媽媽和姊姊是在擔心，芸姊被捕，給彰化高女損了校譽，校方知道鹿港丁家是個不愛國、不會教育子女的家族，便不會再錄取丁家子弟，以免給學校添麻煩。媽媽說的「盼女兒替我讀」這句話，小惠不知聽過幾百遍了。媽媽一直不諒解她父親的重男輕女，常常恨恨的說：「明明家裡有錢，又不是讀不起，偏偏就是不讓我報考中學。也不管我哭死哭活的哀求，甚至以絕食抗議，他仍然無動於衷。我是我們那一屆第一名畢業的，校長也認為不繼續升學，太可惜，所以好心的到家裡去幫我說情。」每次說到這兒，她總要停頓下來，長嘆一口氣再繼續說：「偏偏我這人就是沒有『讀冊命』（臺語），校長不去還好，一去更是絕對絕對不通人情了。因為你們外公恨透了日本人，而我們那位好心的校長，正是半句臺語都不會講的日本人。所以不等校長開口，他就直搖手說：『免談免談！』一味的下逐客令，害我羞愧、難堪死了。」

媽媽雖然想改姓名去報考的好辦法安慰女兒，但是姊姊卻哭得更大聲說：「即使爸爸肯改，伯父也不會允許的。」伯父是丁家整個家族的大家長，沒有人敢不聽他的。

果然不到晚上，答案就出來了。小惠的爸爸連問都沒去問伯父一聲，就斬釘截鐵的說：「不用考慮改姓名，用好成績跟他們拼。如果能考個前幾名的好成績，看學校捨不捨得不要這個學生！」

「什麼？你叫女兒去拼前幾名？這麼大的壓力，你不心疼女兒？她又容易緊張，萬一考壞了怎麼辦？」媽媽大聲反問。

「大不了晚一年，再改姓名去重考一次，有什麼好擔心的？」爸爸毫不猶豫的說。

「哼，跟當年我的老爸一樣，男人都是鐵石心腸。」媽媽知道拗不過爸爸，只好激勵姊姊說：「拼就拼嘛。但求祖宗保佑，考個好成績沒問題，只希望能遇到公平的『口試官』。」

「不要……不要逼我了！」姊姊大聲哭喊：「能不能考取，人家都沒把握，還要人家考前幾名，嗚嗚……」

就在這個時候，姊姊的級任施老師來了。原來他跟小惠媽媽的想法一樣，想勸爸爸改姓名。他說：「我這一班就只有淑清一個有希望考取彰化高女，其他的頂多只能考上家政學校，我也要面子呀！我看皇民化運動那麼積極，改姓名是遲早的事，逃不了的。何必給淑清那麼大的壓力呢？太可憐了。」

爸爸拍拍施老師的肩膀，無可奈何的說：「你知道的，我們丁家的大家長，是絕對不會答應的。還是拜託你給她加強補習吧！」小惠的爸爸跟施老師是熟朋友。

「筆試絕對沒問題，我擔心的是第二關——口試。」施老師說。

「這，我會教她的，到時候再演練，現在先讓她安心溫書最要緊。」

日治時代的學制，一年分三個學期，四月一日是新學年的開始，所以距離中學的投考日，還有足足半年的時間可以做充分的準備。

「也只好這樣囉！」施老師臨走，摸摸姊姊的頭說：「放心吧，下學期開學以後，老師就要開始給投考生做課後的留校補習。拿出信心來，不要氣餒哦！」小惠緊跟著老師大聲說：「從明天開始，姊姊不要做家事，我跟二哥會幫忙媽媽。」

「好，好，有這樣的精神很好。不過……可別愈幫愈忙喲！」爸爸說完，大家哈哈笑，半天來的沉悶氣氛，也就煙消雲散了。

第二天是暑假前的結業典禮，只上兩節課就放學，正式開始過暑假了。

小惠真心想代替姊姊幫忙做家事，所以回到家把書包往牆上一掛，就抓起兩只鉛桶往井邊跑。因為提水是較費時也較吃重的家事，她想減輕姊姊

的體力和節省她的時間，最好的工作就是代替她幫媽媽提水。

不過，對於又瘦又小的小惠來說，這項工作是無法勝任的。因為小惠家的廚房在第三天井旁邊，而整個大宅院唯一的一口井，卻遠在第一天井。所以提水不但要走一大段路，中間還要跨過好幾道跟膝蓋一般高的門檻。

小惠不自量力，興致勃勃的雙手各提半桶水，搖搖晃晃，踉踉蹌蹌地走。好不容易穿過第二天井，要跨過廳前的門檻時，腳一顛，整個人連同兩桶水，嘩啦倒入廳內。坐在廳裡聊天的祖母和嬸婆驚叫一聲，兩雙裹腳布的小纏足來不及抬高，連同褲腳全被水濺溼了。

「死丫頭，搞什麼鬼呀！」小惠的媽媽聞聲跑出來，不分青紅皂白的賞了小惠一記耳光。因為祖母和嬸婆的裹腳布和繡花鞋被濺溼，換起來可是大事一樁呢！

小惠的媽媽一邊向兩位老人家道歉，一邊忙著去生火燒熱水。小惠也知道纏腳的老人小腳兒特別怕冷，每次要換裹腳布，都要選個大晴天的日子，先備好了一大盆很熱的熱水，好讓小腳兒解開裹布以後，馬上能伸入熱水中浸泡。這下媽媽再怎麼趕，從生爐子到燒熱兩大盆熱水，最快也得要半個多鐘頭。小惠顧不得自己的衣服也是一身溼漉漉，只是躲得遠遠的，看媽媽萬般焦急的一邊煽爐火一邊罵：「愈幫愈忙，求求你少『雞婆』，不要再給我惹麻煩了！」

小惠委屈的哭著……沒想到快樂的暑假，竟然用哭聲拉開了序幕。

9 隨機教育

「嗨，你們知道暑假，我們第一個要玩的是什麼嗎？」小惠的妹妹淑芬興奮的宣布：「要到彰化八卦山！剛剛在廚房聽爸爸跟媽媽說的。」

「哇！好棒哦！要坐火車了。是旅行，不是遠足喲！」彬彬又笑又拍手。那時候的小孩子，很少有機會坐火車或汽車。學校的遠足，是真的走遠路，從來不搭車。

阿宏靈機一動，跑回家拿來一支粉筆和一條布尺，在迴廊的柱子上量一量，畫出兩道白橫線，說：「一百十五公分以下免票；不超過一百四十五公分是半票，超過了就得買全票喲！」他得意洋洋指揮大家說：「大大小小統統過來量，看誰免票，誰要買全票。」

大夥兒爭先恐後搶著過去比。頑皮堂哥明哲說：「比好了！過來練習『過關』。」他把幾張椅子疊高起來，對著柱上的畫線，拉好了兩條繩子，說：「這兒是剪票口，超線的人稍微彎彎腿，半蹲著走過去，就可以免票，或是可以半票，而不用買全票了。」

「明哲哥，你好聰明喲！」還沒上小學的一個小堂妹才五歲，卻因為發育特別好，已經超過要買票的線。她傴僂著身子，慢慢走過了關，嘻嘻笑得好高興。才五年級的明仁哥，身子高大強壯，已經超過兒童半票線，他也彎腿移步，順利的過了關。

大夥兒玩得正高興，小惠的爸爸剛好從那兒要經過，小惠大聲叫住他說：「爸，您來看，我們正在練習剪票口『過關』，可以節省不少錢呢！」

爸爸笑著搖搖頭說：「嗯，爸爸不贊成。這叫『投機取巧』，不叫『聰明』。我不希望你們節省這樣的錢。做人要堂堂正正，走路要抬頭挺胸，該買成人票就買成人票。長得比別人快，應該高興而值得驕傲的，幹嘛要走路像老公公，為節省一點兒錢而委屈自己呢！而且這樣做人也不老實，這種『小聰明』絕對使不得！」

他說著拉一把椅子過來坐下，笑嘻嘻的說：「來，大家排隊，我幫你們量身高。等過完暑假，再量一次，看看有沒有長高。」

小惠爸爸的話一百八十度的改變了遊戲的方法，原本縮著脖子怕太高的，不但伸長了脖子，還恨不得能踮起腳尖兒來量呢！阿宏得意的說：「嘿嘿，我比小惠小三個月，身高卻比小惠高三公分。小惠不多吃飯，當心以後變成小矮人！」

小惠的爸爸有童心，很會帶孩子玩。

有一次，大夥兒坐在大書櫥前面的蓆子上看故事書，突然大家捏起鼻子來，說：「好臭！誰放的屁？」

大家忙搖手說：「不是我，不是我！」沒有人有勇氣承認。

剛好一位懷胎挺著大肚子的嬸嬸，打從那兒經過，頑皮堂哥明哲說：

「大家都說沒有，那麼，可能是嬸嬸肚子裡的小嬰兒放的囉！」

大家噗哧笑起來。小惠忽然想到一個問題，說：「對呀，在肚子裡還沒出生的胎兒，到底會不會放屁呢？」

讀六年級的堂哥說：「我們老師說，凡是有生命的動物都會放屁，可是沒提到還沒出生的胎兒會不會？」

「我去問我爸爸。」小惠說著，把在房間裡看書的爸爸請出來。

小惠的爸爸笑著說：「這問題很有趣，不過我也不知道答案。所謂『學海無涯』，世間的學問太多，再有學問的人，也不敢說自己什麼都懂。我雖然當老師，但是不知道的事有很多很多，不過我發現了疑問，一定會想辦法求出答案。例如查辭海啦、百科全書啦，總能查出結果。倒是今天這問題真正難倒了我，我不知道要查什麼樣的書才能查到。也許有個好方法，那就是問小兒科醫師……」

一句話還沒說完，淑靜就搶著說：「我來問陳醫師，他是小兒科醫師，每天晚上都會來找我爸爸聊天、喝茶喝到很晚。」

「好，太好了，這問題就由淑靜負責查問。」小惠的爸爸說。

第二天晚自習的時間，淑靜就把答案帶來了。結果是簡單的一句話：「還沒出生的胎兒不會放屁！」

「那麼那天看書的時候，到底是誰放了屁呢？」頑皮堂哥窮追不放。

小惠的爸爸說：「好，今天我們就來談放屁。我先問你們，『屁』是誰都會放的，問題是能不能忍？」

大家沉思起來。小惠說：「要放之前，好像有點感覺。不過要忍，也無法忍太久。」

「對。」爸爸說：「如果來得及，要趕快避一下，離開現場去放，放完再回來。」

「那多不好意思呀！」彬彬說。

「總比放了又不敢承認好，對不對？」小惠的爸爸說。

「好，那以後我們就這麼做。」小惠的二哥說：「不過，如果真正來不及，放了就要承認，只要說聲對不起就好了。」

他的話剛說完，突然「噗」一聲，小惠的爸爸說：「對不起，是我放的。不是故意的，而是來不及避開。幸好會響的屁不會太臭，對不對？」

哈哈哈哈……自習室裡爆出大笑聲。笑過一陣以後馬上靜了下來，因為不能偷偷交談的晚自習課開始了。

10 快樂暑假

暑假一開始，丁家的小孩子們個個都雀躍起來。因為七、八個在外地求學的大哥哥、大姊姊們都陸續回來了，加上同樣是中學生的表哥、表姊們也會來做客小住，連同舊厝那邊過來湊熱鬧的，整個大宅院驟然間熱鬧起來。

雖然上了中學的大哥哥、大姊姊們，都自認為已經是成年人，而不屑跟小惠他們這些小蘿蔔頭玩，但是當觀眾，看大孩子們玩的「遊戲」，也是挺有趣的。但如大男生玩的「劍道」、「柔道」、「圍棋」，以及吹口琴、吹喇叭；大女生玩的彈風琴、吹笛子、刺繡、鈎桌巾等等，樣樣都新鮮。而大哥哥、大姊姊們也樂於表演，因為不管技術是不是真高明，外行的小觀眾都只會驚嘆、喝采和鼓掌。

有時候他們一高興，就會把小觀眾招過去充當小徒弟，神氣的傳授他們的「武藝」。小男生最感興趣的是「劍道」：頭上套個鐵籠子面罩，雙手緊握一根長長的竹劍，然後兩腿前後分立，擺出穩如

泰山的英武架式，屏住呼吸凝視對方大半天，再出其不意的忽然喊一聲「ㄨㄛˇ ㄇㄢˋ——（御面）」或「ㄨㄛˇ ㄉㄡˋ——（御胴）」、「ㄎㄡˇ ㄉㄝˋ——（小手）」把劍伸出去，點一下所喊的部位。小徒弟學得很認真，大人看了卻會忍不住驚呼大叫：「小心哪，小鬼們不會控制腕力，不小心真打下去，腦袋會開花的！」

小女生最想學的是鈎線織桌巾。一根差不多

半截鉛筆長的銀亮鐵鉤針，拿在右手上，左手食指纏幾圈由大線團抽出來的白綿線條，然後像鳥喙啄食麵線一樣，右手的鉤針一針一針的把左手的線鉤著吃過去。合作無間的雙手動作，像機器一樣規律而迅速。只見大姊姊們一邊聊天，一邊不停的織著，不一會兒就織出一朵紋路有變化的小花，最後把一朵一朵的小花兒接起來織在一塊，就變成一條可以罩在圓桌或方桌上面的大桌巾了。

當然要織出一條大桌巾，需要整個暑假每天都織一些，好不容易才能完成。大姊姊們說，那是她們的暑假作業，所以沒有人敢偷懶。

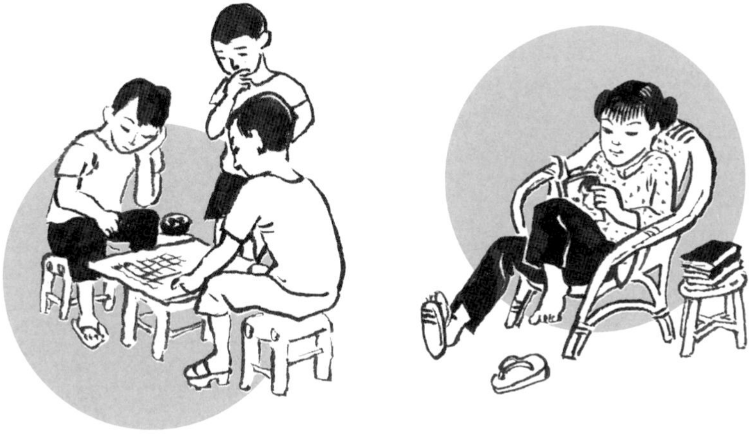

小惠和淑靜也拿著鈎針和線團，天天纏著大姊姊們教她們織。但是看起來容易，學起來並不簡單，常常鈎不上幾針，線就打結。最後總是因為沒耐心解線結，而懊惱的丟開，自動跑到別的地方，玩別的遊戲去了。

淑靜的大姊淑貞，最喜歡看小惠爸爸的大書櫥裡，擺在最上面一格的「菊池寬」系列小說，本來那是小惠的姨媽和嬸嬸們常借來借去傳看的書，但淑貞姊才中學二年級，就迷看這些所謂的「戀愛小說」了。

小惠的爸爸當然不肯借她看，伯父更是禁止女兒看成人的愛情小說。但是淑貞姊就有本事賄賂頑皮的明哲，假借同學媽媽的名義，去向小惠的爸爸借。借到了手，淑貞姊就會躲在自己的房間偷看。她的老奶媽是包庇者兼看門人，不但代她做暑假作業——織桌巾或刺繡，還會阻擋小鬼們進去打擾她。不過，老奶媽愈是不讓小鬼們進去，小鬼們愈想打探祕密。每次淑靜帶著小惠，乘隙潛入淑貞姊的房間，就有堵嘴的糖可以吃了。有時候還能得到老奶媽偷給的幾毛錢賄賂，叫她們不要打小報告。淑靜和小惠當然很守信，因為那是賺取外快的好管道啊！

另外，暑假最快樂的，莫過於不用上學，又免上丁家特有的「丁家子弟晚自習課」。暑假裡，那間自習室，變成了來作客的表哥們的房間。那張自習時寫功課用的大飯桌和兩張麻將桌，也變成了大哥哥、大姊姊們看書報，或玩圍棋、玩撲克牌的桌子。圍棋看起來很枯躁，小鬼們不會吵著要學，但是玩撲克牌，就吵著要湊熱鬧了。

「好吧，跟你們玩最簡單的『抽鬼牌』。」一位大哥哥提議，小鬼們都緊張起來。玩法是把五十三張牌子，平均先分給每人五張，剩下的，成疊

放在中間。然後由猜拳贏的人先開始，抽取中間那疊牌子最上面一張，跟自己手上原來的五張牌配對，如果對上了，就可以把成對的牌子拋出去再抽，抽到沒得對了，才輪到第二人抽。遊戲中，分到或抽到被稱為「鬼」的，唯一單張沒得對的那張「鬼牌」（joker）時，就很緊張。因為要等中間那疊剩牌全抽完後，開始輪流從鄰人的手中牌抽來配對時，才有機會被別人抽走。抽來抽去，全找到對子了，最後那張沒對子的「鬼牌」留在誰手裡，那人就輸了。

「抽鬼」玩法簡單，但十分刺激而緊張。較小的孩子膽子也小，「鬼牌」落到自己手裡，馬上漲紅臉，或露出慌張不安的模樣。不像大哥哥、大姊姊們一樣，能夠若無其事的隱藏心中的不安。所以讓幾個小的加入一起玩，反而更顯得滑稽有趣。問題是小的輸了，往往會哇哇大哭，於是笑聲、哭聲混在一起，鬧得屋頂都要被掀開了。

更妙的是，輸的人要讓第一個贏的人，用媽媽們化妝用的白粉塊在臉上隨意畫一撇（大人不允許用黑墨畫，會弄髒衣服）。旁觀的一群總會起鬨，出怪點子。

有人建議一撇畫成獨眼龍，有人建議一線把臉分成兩半，被畫的苦苦哀求手下留情，畫好看一點，握粉塊的人卻苦思要如何發揮創意，讓圍觀的觀眾驚嘆。如此玩上幾個回合，幾乎每個人都變成了小丑。而且一玩，沒完沒了，常常玩到夜深還不肯散會。最後，總要媽媽們出來又罵又叫，大家才照照鏡子，哈哈笑著回家洗臉，上床繼續作嬉鬧的快樂美夢。

11 萬能媽媽

「ㄚ˙ㄇㄧ，ㄚ˙ㄇㄧ！」小惠喊著夢話醒過來。她猛嘆一口氣，心裡想：「可惜喔！如果不醒過來就好了。夢裡那隻咬住餌的青蛙，釣上來可能是一隻『水蛙（田雞）』而不是普通青蛙呢！」

沒想到她閉眼要繼續睡，卻聽到睡在她旁邊的妹妹淑芬，也在喊「ㄚ˙ㄇㄧ，ㄚ˙ㄇㄧ……」原來，她也正作著釣到青蛙的夢，喊著叫爸爸快拿「ㄚ˙ㄇㄧ」來幫她接青蛙的夢話呢！

「ㄚ˙ㄇㄧ」是「網」的日語發音，也就是拿來接住釣上的青蛙用的布網袋。

小惠睜開眼睛，看到夢中喊「ㄚ˙ㄇㄧ」的淑芬沒醒過來，而且咿咿嗚嗚的變成要哭不哭的聲音和痛苦的表情，因此伸手搖了她一下。

「呀——」一聲，淑芬霍的坐起來，摸著胸口說：「幸好你搖醒了我。二姊，你知道我剛剛夢到什麼嗎？我以為大青蛙咬住我釣竿上的餌，舉起來竟然是一條蛇，嚇死我了！」

「嘻嘻……」

「兩個丫頭，半夜裡嘰嘰喳喳說什麼？沒在睡呀？」蚊帳外傳來媽媽的聲音。

小惠掀開蚊帳一看，才知道媽媽在燈下縫著衣服，還沒睡，牆上的大時鐘剛好「噹」的敲了一聲。

「媽，一點了，您怎麼還不睡呢？」小惠和淑芬同聲問。

「喏，在給你們縫製新年的新衣服呢！」媽舉起大花布給她們看。

「是不是和服？」兩姊妹好興奮！穿和服過新年，是當時的兒童最時髦，也最叫小朋友們羨慕的。因為小女生穿的和服，多半是用鮮艷的大花

布做的，而且長及腳踝的長衣裙，把身子裹得緊緊的，走起路來要使用內八字形走才能夠跨步。跟普通童裝完全不同形狀與穿法的日本和服，當然是好奇又愛新鮮的小孩子們最想嘗試，最想穿著過過癮的。

兩姊妹迫不及待的爬下床。「這件是誰的？」淑芬問。

「是大姊的。做好了輪到小惠，最後是你——最小的小妹妹。你們三姊妹每人一件，要做好久呢！」

「來得及新年穿嗎？」淑芬好著急。

「當然來得及，到過年還有四個月呢！不過，媽媽白天太忙，沒時間拿針線，只好利用晚上你們睡覺的時間，一天縫一點兒。」媽媽說完，打了一個大哈欠。

「媽，一點多了，快去睡吧！」小惠看媽媽睏倦的神情，感到非常心疼。

「你弟弟會尿床，反正半夜裡要喊他起來上一次廁所，媽乾脆等他上完廁所再上床。每天晚上都是一點半才睡覺呢！」

「媽，您自己沒穿過和服，怎麼會做呢？」淑芬又問。

「別人的媽媽會做，為什麼我不能？只要借個樣子來看看，或看裁縫書的圖解，媽就會做了。」媽媽得意的說：「媽媽從小就很好強，不論什麼事，我都會告訴自己：『別人會，為什麼我不會？』就因為這句話，媽媽什麼都想學，也什麼都能學會。就像包粽子啦、做紅龜粿啦、蒸年糕啦，這些家事，媽媽未嫁時什麼都不會，因為我們家從小就有女佣，這些家事根本不需要我插手或幫忙。可是嫁到沒有女佣的家，我總不能說我不會包粽子，而讓你們過端午節沒粽子吃呀！對不對？你們也要像媽一樣，『別人會，為什麼我不會？』這句話很重要，記住喔！」

「別人會，為什麼我不會？」小惠自言自語般念著，掀開蚊帳，重新又上床。她跟哥哥、姊姊、弟弟、妹妹，總共六個小孩，排成一橫列，睡的是「臺灣式的榻榻米房」（跟純日式的不同），她看睡在她旁邊的淑芬一下子就睡著了，而兩個哥哥和姊姊也打著均勻的輕鼾聲，睡得很熟，她卻睜眼乾瞪著蚊帳頂，久久不能入睡，因為剛剛媽媽那一番話讓她太感動了。想到媽媽白天要做那麼多做不完的家事，還要伺候纏腳又吸鴉片煙的、弱不禁風的祖母，卻從來不嘆息，也不亂發脾氣。沒想到每天夜裡，還得給孩子縫新年的新衣服，熬到半夜一點半才睡覺，媽媽實在太——偉大，太偉大了。

「我要怎麼樣孝順媽媽，幫助媽媽呢？」小惠在心裡自問。「對，媽媽每天下午給小弟弟餵奶、哄小弟弟睡午覺時，她也常常會跟著睡著。從明天開始，我要把守在房門口，讓媽媽多睡一會兒，不許別人進去吵醒她！」

小惠心裡有了主意以後，便心安的眼睛漸漸模糊起來。迷濛中，她依稀聽到媽媽給小弟噓尿的聲音，以及關燈、上床的聲音。

不知什麼時候，小惠睡著了。

12

「三腳狗仔」挨耳光

第二天，小惠等呀等的，等著要實踐昨夜想好的「孝順」好方法。剛巧那天中午吃午飯的時候，小弟弟就哭哭鬧鬧，媽媽來不及收拾餐桌，就得提前抱弟弟上床餵奶，哄他睡午餐了。

小惠很高興的跑到媽媽的臥房門外，坐在房門半掩的門檻上，當起守門人。守了好一會兒，她沒事，癡癡看著牆邊一行螞蟻隊，逆向爬行的幾隻，對著前進中螞蟻群，一隻一隻的碰碰頭，好像在傳遞什麼訊息。小惠的眼睛循著蟻隊追蹤過去，原來牠們已經進入餐廳，正要循著桌腳爬上餐桌，搬運餐盤裡的剩菜呢！

她想喊姊姊來處理，但姊姊在後院幫媽媽晾衣服。情急中剛好看到妹妹要來找她玩，小惠靈機一動，悄聲說：「淑芬，媽媽每天晚上那麼晚才睡，我在守門，想讓媽媽多睡一會兒。可是，你看，螞蟻要爬上餐桌了。你來幫我忙，我們偷偷幫媽媽洗碗，好不好？」

「好，好，太好了。我端碗，你洗碗。等媽媽醒來，給她來個意外的驚喜！」上小學一年級的淑芬，也很想幫忙做家事。

小惠興沖沖跑到廚房，舀好了洗碗的水，等著妹妹端碗盤過來讓她洗，卻聽到「匡啷」一聲巨響——成疊的碗盤掉落磚地上摔破的聲音。緊接著是妹妹的哭聲和媽媽奔出臥房的聲音，以及小弟弟被嚇醒的哇哇哭叫聲。

小惠奔過去一看，妹妹正哭哭啼啼向媽媽辯白著：「我和二姊要幫媽洗碗，嗚嗚嗚……我們想讓媽多睡一會兒，嗚……」

「傻ㄚ頭！」媽媽雙手抱著小惠和淑芬的肩頭，哭笑不得的猛嘆氣和搖頭。然後喃喃自語般說：「這種舊式的房子，太不科學了，每道門都有門檻，而且做得這麼高，小孩子成天為跨門檻而摔跤。碗盤摔破不要緊，幸好沒受傷，太危險了。」說著疼惜的抱抱淑芬說：「別哭別哭，以後不要幫忙。你們還小，要幫忙等明年再讓你們幫。」

正在午睡的祖母也被摔破碗的聲音吵醒了。她移著細碎的蓮步趕過來時，剛好聽到媽媽在嘀咕門檻的不科學。老人家馬上拉長臉說：「門檻高，是代表社會地位高，你知不知道？我們『進士邸』門檻，當然比別人家高呀！要不是日本政府為拓寬街道，拆了我們的正門，不然我們丁家大門口，左右兩邊還有兩頭石獅子呢！」每次提到這件事，祖母就悻悻然的，總要呢呢喃喃惋惜老半天。

「嗨，嚷嚷什麼呀？」剛從外回來的爸爸聽完事情的經過，笑著說：「沒事沒事，快收拾碎片要緊，小心別踩到了，腳底會受傷喲！」

那天中午爸爸沒有在家吃飯，因為在鹿港他有一群詩友，暑假是他們聚會兼聚餐的好時光，幾乎三五天就聚一次。每次聚會回來，就迫不及待的要把詩友們的作品拿給媽媽看。那天也不例外，他不但搶著幫忙收拾地上的破碗盤，還搶著要哄騙哭鬧中的小弟弟。他說：「ㄨ ˙ㄇㄟ（梅的日本發音），快看，這次投票，我這一首第一名，我自己也很滿意呢！」

「梅」是媽媽的名字，她是爸爸的知音。小惠曾經聽阿姨說，媽媽所以會嫁爸爸，是當年去勸外公讓媽媽升學而遭拒絕的那位日籍校長，慫恿當年師校剛畢業的爸爸，偷偷傳情書給媽媽（當時嚴禁男女談戀愛），再託人正式提親的。因為那位校長認為，媽媽雖然失去升學的機會，但如果能嫁入號稱「書香門第」的丁家，以她的聰明和好學，也一定能自我進修，成為有學問的知識分子。

果然，媽媽沒讓那位校長失望，而爸爸也很盡責的栽培妻子。在男人絕不做家事的保守的丁家，爸爸為了讓媽媽分享他的讀書樂趣，以及創作的喜悅和成就感，常常會自動幫忙媽媽做家事和照顧幼兒。

「嗯，的確好，意境很美！」媽媽重讀兩遍，讚不絕口。小惠探頭看了一下，只有三句共十七字的短詩，漢字夾雜著幾個日本平假名（音符字母），不知有什麼好，有什麼美。

爸爸忙解釋說：「這叫『俳句』，是日本短詩。意思是說，小鴨子們在春雨後的泥塘中洗完澡，和好的聚集成一堆，晒太陽取暖。」

媽媽插嘴說：「你爸爸最拿手的，是漢文的七言舊詩和五言舊詩。這種日本的短詩『俳句』和另一種較長的『和歌』，是偶爾作幾首玩玩的，你爸爸的漢文根基很好。」

小惠根本聽不懂。她只知道媽媽很崇拜爸爸，是爸爸的忠實讀者和談書、談論時事的聊天兒朋友。

「嗨，蚯蚓挖好了，你們看這麼多。今天下午早點出發好嗎？」二哥和明哲堂哥拿一罐蚯蚓進來，邀大家去釣青蛙。蚯蚓是釣青蛙最好的餌。

「好，馬上出發！」爸爸心情正好，說走就走了。大隊人馬走出後門，在一條通往鄉下的牛車道邊，探身把釣竿朝著小溪岸邊的草叢裡伸過去，便開始互相比手，「噓」的叫大家不要出聲。等青蛙被引誘出來咬住了餌，

就緊張興奮的偷聲叫：「ㄚ˙ㄇㄧ，ㄚ˙ㄇㄧ」（網的意思）。小惠的爸爸就會拿一個網袋朝著叫聲奔過去，幫忙那人把釣上來的青蛙，接到網袋裡。

走在最前面的二哥，連叫了幾聲「ㄚ˙ㄇㄧ」，爸爸卻在接小惠和彬彬的而忙不過來。那時候，剛好有三名「日本人小學校」的男生打那兒經過。其中一個日本男生，撿起地上一顆小石子，惡作劇的朝著草叢裡丟過去，把二哥釣竿上咬住餌的青蛙給嚇跑了。

「幹什麼？」二哥丟下釣竿，兇巴巴朝那名日籍頑童跳過去。

「我高興！」日籍頑童嬉皮笑臉回答。

「馬鹿野郎（日語，罵人的話）！」二哥怒罵。

「支那人（日本人稱中國為「支那」，有鄙視的意思），清國奴！」對方回罵過來。

「馬鹿野郎，大馬鹿野郎！」

「支那人，懦弱無用的清國奴！」

就這樣，雙方你一句、我一句的對罵起來。二哥這邊有阿宏和明哲幫腔，日童那邊幫腔的兩人當中，有一名是丁家的世交，陳醫師的兒子。

「不要臉的三腳狗仔！」明哲罵他。當時臺灣人罵日本人「四腳狗仔」，對於正式改日本姓名去讀日本人小學校，狐假虎威而自鳴得意的臺灣人，就罵「三腳狗仔」。

「大馬鹿野郎，支那人清國奴！」陳醫師的兒子學著日童大聲回罵。

萬萬沒想到聞聲趕過來的小惠爸爸，竟然揮起手，「啪」的賞了他一記耳光，並且怒斥著說：「回去告訴你爸爸，說丁叔叔為什麼打你？說你罵明哲什麼？」

小惠從來沒看過爸爸發那麼大的脾氣。她怯生生拉著爸爸的衣角說：「人家是陳醫師的寶貝獨生子，晚上陳伯伯一定會來找爸爸吵架。」

爸爸摸著小惠的頭，安慰的說：「陳醫師不但不會生爸爸的氣，還會來跟爸爸道歉和道謝呢！」

小惠莫名其妙，完全不懂爸爸的話是什麼意思。她不安的看著摀著臉，大聲哭著跑回家的陳哥哥，心裡想「支那人，清國奴」不過是日本人生氣時罵人的一句壞話罷了，又不是什麼髒話，幹嘛爸爸要生那麼大的氣呢？

13 穿「戲服」過新年

日子一天天的過去，孩子們最高興的新年到了。而且過完新曆年，還有個舊曆年，一兩個月裡，連著過兩個完全不同的「日本年」和「臺灣年」，雖然忙壞了媽媽們，卻也樂壞了孩子們。

雖然那年的「皇民化運動」進行得如火如荼，但丁家照例過完形式化的「日本年」（新曆年）以後，還要過一個隆重熱鬧，有祭拜祖先、吃年糕、吃年夜飯、分壓歲錢和守歲，以及向長輩鞠躬拜年等的傳統臺灣年。

先說過日本新年吧！當然學校放假，但是學生們都會到老師家拜年。小惠穿著媽媽做的漂亮和服，腳上也穿日式的高底木屐和白色袋襪，木屐底還有個凹洞，可以繫兩個小鈴鐺，走起路來叮咚響，真是神氣又好玩。

沒想到剛走出大廳，就被祖母和嬸婆嘲笑說：「好滑稽的『戲服』，這種日本和服，有什麼好看嘛，我們小時候穿的新衣服，有滾邊、有繡花，才精緻漂亮呢！」

小惠嘛起嘴：「誰說不漂亮？你們以前穿的才是真正滑稽的戲服呢！」她不敢多頂嘴，叮叮咚咚走著八字形的碎步，到好朋友林明嬌家，邀她一起到級任川端老師家去拜年。林明嬌的和服比小惠的講究漂亮，那是她爸爸到東京時，特地替她買回來的。背後的腰帶上有金色緞子做的背飾，全鹿港街沒有幾個女孩子的和服，有那種高級而精緻的背飾，所以走在街上很醒目。

川端老師住的是日式房子，門前樹立一對用竹和松做的所謂「門松」，而大門的門楣和門框上，則掛著草繩上結有白色紙條的所謂「締繩」。那是日本人過新年時的門飾，跟中國的張燈結綵和張貼紅色門聯，同樣是討吉利和表示歡慶的意思。只是那種門飾，竟然使用中國人辦喪事用的白紙和草繩做材料，所以看起來很可笑。小惠不禁想起祖母和嬸婆們常教小弟弟、小妹妹們念的兒歌：「人插花，你插草；人未嫁，你先跑（新娘不坐花轎而坐車）。人睡紅眠床，你睡灶門口（榻榻米臥房連著廚房）。人抱嬰，你抱狗。」那是鄙視、嘲笑日本文化之滑稽與沒水準的流行兒歌*。

進門前，要站在門外大聲喊：「可以打擾嗎？」川端老師聞聲快步跑出來，忙說：「請上來！」她的樣子好高興。因為她看到小惠和明嬌都穿和服，所以笑嘻嘻的直誇漂亮又可愛。然後她示範，教她們向老師的公公婆婆行榻榻米上的跪拜禮，並道「新年恭喜」。

川端老太太說：「就留她們吃午飯吧！」小惠聽了忙說：「不客氣，媽媽吩咐我，拜完年馬上回去，我們一家人要到照相館拍全家福紀念照。」

其實拍照片是藉口，小惠不想留下

來吃午餐，是沒忘記上次吃怕了的那頓難吃的日本飯菜。

老太太卻熱誠的說：「至少也吃幾塊年糕再回去吧！」說著，她就切起雪白色的日本年糕來。

原來日本年糕淡然無味，既不甜也不鹹，而且硬硬的。切成片以後，要放在火爐上的鐵架上烤軟了，再蘸著拌糖的黃豆粉吃，當然沒有臺灣式的

閱讀補充包

時代這樣改變，真好！

各個民族、各個國家都有自己的文化，如果不能彼此相容，就會發生對立和衝突。就像日本時代，臺灣人在語言、文化、教育各方面都受到打壓；同樣的，某些日本風俗文化也被臺灣人排斥。

現在，尊重多元文化已是普世價值，面對不同的文化，用理解、尊重取代歧視、排斥，才是世界公民應有的態度。

甜年糕和蘿蔔糕好吃，但也別有一番風味。好奇的小惠，很高興嘗到了日本的年糕滋味。

新曆年除了穿和服到處跑來跑去，享受小朋友們的羨慕眼光，和日本老師的稱讚之外，家裡並沒有任何慶賀活動和特別的點心。所以，孩子們真正期待的是，關起門來悄悄過的傳統舊曆年。

當時的社會雖然窮困，食物也缺乏，但是臺灣人為了要吃一頓豐盛的年夜飯，家家戶戶都會養雞或養鴨，等著過年時殺來烹煮祭拜祖先，拜完就可以打牙祭，吃個痛快了。至於做年糕的糯米，那就得靠黑市供應了。因為當時已經實施食物配給制度，除了煮飯用的普通米之外，沒地方可以買到糯米。不過，聰明的農夫總有辦法，偷種政府不許種的糯米，在舊曆年前偷偷送到黑市去賣。小惠的伯父有個佃農的妻子叫「阿瘦嫂」，她把大包糯米捆在肚兜裡，裝成大肚子的孕婦，等天黑以後，才從鄉下悄悄來到丁家，要跟丁家的媽媽們換舊衣服。

她說：「我們鄉下人本來衣服就不多，現在穿破了，沒地方買新的。你們丁家舊衣服一定很多，就拿來跟我們換吃的吧！我每天晚上都可以出來一趟，村子裡的人都要拜託我，我也只好當跑腿了。」

這實在是個好辦法。小惠的兄弟姊妹多，舊衣服也多。加上媽媽有一大箱樣式過時，但料子很好的冬衣，阿瘦嫂看了好興奮，說：「我們鄉下人只求禦寒，誰還講究流行不流行。這箱好衣服，每一件都可以當我們村子女人過新年穿的漂亮衣服呢！」

第二天，阿瘦嫂用一條背小孩子的背巾，背了一大包醃肉、香腸、蘿蔔乾和高麗菜乾到丁家，一進門就得意洋洋說：「看我裝得像不像？小披風裡背一個三、四歲的小孩兒。路上跟一名警察擦身而過，我緊張得一顆心差點兒從嘴裡跳出來，幸好沒被發現，否則被抓進派出所，又跪又打的，我這一身瘦骨頭，恐怕會被打斷呢！」當然，她的醃肉和香腸，是私宰豬隻偷偷做的，當時「私宰罪」是會被拷打的。

就這樣，丁家過舊曆年，年糕、年菜樣樣都有了，祭拜祖先當然也隆重熱鬧。除夕夜吃完年夜飯，每個孩子都拿著紅包壓歲錢，跑來跑去互相比較，誰的錢最多。本來伯父家最有錢，可以給自己的孩子多一些，但他不願意讓孩子從小養成優越感和驕傲的個性，因此找小惠爸爸商量，定出一個公約，全家族的小孩子都一樣，依年齡的大小分成三個等級，未入學的小小孩兒錢最少，其次是小學生，上了中學的紅包最大包。同等級同數目，誰也不用驕傲，誰也不用自卑。大家只求能夠快快長大，能夠早日躍升晉級。

另外，利用除夕守歲的時間，開「丁家兒童遊藝晚會」是過年的最高潮。這慣例也不知是從哪一年開始的，反正小惠打從懂事以來，每年除夕夜，都會聽到哥哥、姊姊們再三叮嚀說：「不能早睡哦！所謂『守歲』，就是愈晚睡，父母的壽命就會愈長。我們是『孝子』的第六代子孫，當然要比別人家的孩子孝順父母，最好能夠守歲到天亮！」

「那，坐著睡，算不算『守歲』呢？我不上床就是了。整夜不睡，我沒把握呢！」每年都有人這樣擔心。

「算算算，比平時晚睡一兩個鐘頭，就是『守歲』。古人的迷信，現代人應該改良。」小惠的爸爸總會這樣安撫孩子們。

「咦，今年的遊藝晚會，幾點開始呢？」

「沒規定，人到齊了就開始。」小惠的二哥說：「剛剛看到隔壁叔公，還在講『孝子』的故事呢！」

「對，丁家『孝子』的故事，每年過年時都要講一次。一方面提醒大家不要忘記，一方面也要講給去年還聽不懂的小幼兒聽，今年我還沒講呢！」小惠的爸爸說著，也講起「孝子」的老故事來。

「你們都知道，你們的曾祖父是進士，這位進士的爸爸，也就是你們的太曾祖父，名叫純良，在清朝光緒六年，受過皇帝表揚，是全國的孝子楷模。不但奉旨建立表揚孝行事蹟的紀念石碑，去世後還入祀孝悌祠，並榮獲賜名克家。純良公十三歲時，隨著父親樸實公，從福建省晉江縣，渡海來鹿港販賣雜貨，後來改經營『貿易行』。

「但不久，父親中風，半身不遂，而且雙目失明，難於行動。純良公全心全力，無微不至的照顧父親。儘管白天經商疲累不堪，晚上仍然打起精神，背父親去『聽』戲。幾年以後，父親的病更加嚴重，連吃、喝、拉、撒，都不能自理。純良公寸步不離的伺候，夜裡睡在床旁，一聽有聲，馬上起來照應。如此伺候十多年，從來沒有半點厭煩的神色或嘆息一聲。

「有一天，鄰居失火，左右被燒，他奮不顧身的背起父親往外衝，但房門外的院子一片火海，院門已經被火封住。正不知該怎麼辦的時候，火海卻像神話一樣，突然熄滅了。地方上的人都說，是他的孝行感動了天神。他的故事被地方仕紳呈報到北京朝廷，因此被皇帝封為『孝子』，成為了全國性的孝子楷模。」（丁克家侍疾救父的故事，收錄在國立編譯館出版的《三十六孝》書中。）

每年除夕夜，丁家的孩子們聽完這一則老故事，就搶著馬上要給祖父、祖母搥背，或端茶給父母親喝。那天也不例外，每戶孩子都臨時表演一兩項孝行，才一個一個的匆匆走進中央大廳，等著要開遊藝晚會了。

丁家最難得的是，多半的大人都有童心，都願意當孩子們的觀眾，給孩子們捧場。不但會熱烈鼓掌，還會喊「安可！」，請唱歌的「小歌星」再唱一首。

其實孩子們所謂的「遊藝晚會」，不過是化化妝，嬉笑瞎鬧一場罷了。儘管孩子們為排演短劇，而幾天前就把家具搬動得亂七八糟，甚至把被單也拆下來當布幕，大人也不吼叫禁止。尤其較小的當不了主角，常常會撒野哭鬧，吵得整個大宅院不得安寧。但小惠的爸爸總會奉勸幾位蹙眉的大人說：「忍耐忍耐，讓孩子們自由發揮玩幾天吧，小孩天生好動好玩，玩編劇、排演和練唱，總比調皮搗蛋和惡作劇好些吧！」

最有趣的是節目演到最後，孩子們會起鬨，請爸爸、媽媽們「獻技」。

雖然大人都會推推拖拖的謙虛、客氣一番，但到頭來總會半推半就的出場，有人吹口琴，有人表演口技，或獨唱。而最叫座又叫好的，是小惠的爸爸吹口琴伴奏，讓小惠的媽媽唱一首情歌。就這樣，大廳裡擠滿三、四十個大人和小孩兒，總要鬧到深夜兩三點鐘才散會。

第二天是農曆正月初一，一大早就要祭拜祖先。丁家規定，這一天早上的拜拜，爸爸們要穿中式的長衫袍子，媽媽們也要穿中式旗袍。小孩子沒有中式的衣服可以穿，就穿洋裝，但禁止穿日本和服。這下小惠他們幾個女生，也有還嘴的機會了。

「呀，大人穿『戲服』過新年，好滑稽喔！」

「你們說什麼？」小惠的爸爸問。

「祖母和嬸婆笑我們，說穿和服過新曆年，就像穿戲服一樣滑稽。現在你們穿這些平日不穿的衣服過年，不是『戲服』，是什麼呢？」小惠回答。

大夥兒笑開了。

14

老師偷偷哭了

「我姊姊考取了，我姊姊考取彰化高女了！」小惠到處嚷嚷，恨不得全天下的人都能聽到這一則好消息。

「你知道嗎，我爸爸好聰明，他教我姊姊說，口試官如果問她跟丁芸芸什麼關係，叫我姊姊回答說：『是同堂宗親，但是因為年齡相差很多，個性也完全不一樣，所以從小很少跟她說話，也很少跟她在一起玩。』」小惠到處告訴熟人、朋友，最後總不忘補一句說：「聽說口試官看著我姊姊的筆試成績分數高，猶豫好一陣子以後，又跟另一位口試官商量，好不容易才打圓圈，點了頭。」

「恭喜呀，恭喜你姊姊考上高女！」不管是大人或是小孩，都會說恭喜。小惠覺得好像自己考取了似的，走路一蹦一跳，藏不住心中的雀躍。

好朋友明嬌却奇怪的問她說：「我看你姊姊明明跟芸姊很要好，為什麼要騙口試官說，從小很少跟她說話，也很少跟她在一起玩呢？」

「我問過爸爸，爸爸說那是不得已說的謊。還說芸姊其實很聰明、很了不起，一切等我大了自然會明白。反正我們『囝仔人有耳無嘴』，我也懶得多問。總而言之，姊姊能考取是天大的喜事，管它為什麼要騙口試官。」小惠說。

第二天早上，小惠特別提早到學校，因為她迫不及待的想告訴級任川端老師這一則好消息。沒想到那天老師也特別提早到學校，小惠在無人的走廊上，遠遠的看到老師迎面走過來，興奮的一路嚷嚷著說：「老師老師，我姊姊……」小惠感到不對勁，因為她發現老師沒有平日的笑容。走近一看，老師的眼睛紅紅的。

「老師，您的眼睛……？」小惠怯怯的看著老師的臉問。

「噢，是……沙子跑進眼裡。」老師揉一下眼皮，拉著小惠的手，跑向校牆的防空洞後面，蹲下身躲了起來，握住小惠的雙手，突然簌簌掉出眼淚，低泣起來。

「老師，是不是婆婆罵您？」小惠對老師的婆婆印象深刻，是一位不苟言笑的嚴肅老夫人，老師很怕她的樣子。

「不不不不……」老師猛搖頭，抽抽噎噎說：「老師的丈夫，後天就要入伍去當兵，嗚嗚嗚……要到很遠很遠的南洋，嗚嗚嗚……」老師突然把小惠擁進懷裡，繼續哭著說：「軍隊調來調去，不知會被調到哪裡……」

小惠伸手，偷偷從老師的上衣口袋摸出手帕，仰首望著老師淚流滿面的臉，把手帕遞給老師。就在這個時候，小惠感覺老師的肚皮顫了一下，好像肚子裡的小嬰兒在踢腳。小惠不安的摸一下老師鼓鼓的肚子，問老師說：「老師是不是快生了？我媽媽的肚子跟老師的差不多大，她說再過兩個月就會生呢！」

提到肚子裡的小嬰兒，老師更用力的摟緊小惠，放聲哭了起來。

「老師不要哭嘛……」小惠說話帶哭聲，眼睛裡也閃著淚光。但她一動也不敢動，就這樣被老師抱著，任憑老師不停的哭下去。

過了好一會兒，老師突然停止哭聲，推開懷裡的小惠，注視著她的臉，慎重其事的說：「來，小惠，我們勾勾手指，絕——對絕對不可以告訴別人，說老師哭過，知道嗎？」

「為什麼呢？」小惠奇怪的說：「我堂姊淑靜，她奶媽的兒子被徵召入伍要去南洋，淑靜陪同奶媽回鄉下，說奶媽哭得很大聲，連過來勸的鄰居也跟著哭，他們都不怕被人看見，為什麼老師怕別人看到老師哭呢？」

「因為老師是『內地人』呀。丈夫能為天皇盡忠，為大日本帝國效命去當兵，是很光榮、很驕傲的事，哭了會被人笑的。」老師的眼睛還閃著淚光，竟然擠出一絲笑，嘆口氣繼續說：「尤其老師嫁的川端家，是『軍人世家』，更是絕對絕對不能哭的。如果被老師的公公和婆婆看到老師在哭，不但會挨罵，恐怕還會被罰跪在祖宗神位面前懺悔呢！」

「老師好可憐喔！」小惠同情的望著老師說：「強忍著不能哭出來，多難過呀！在家裡不能哭，就跑到學校來躲在這兒哭嘛，我會幫老師把守，不會被人看到的。」

「好，這是老師的祕密，只有小惠一個人知道，絕對要替老師守密，不能告訴任何人哦！」

「好，我發誓。」小惠舉起右手。

老師忙幫她拉下手說：「不用發誓。倒是老師的眼睛紅紅的，我要告訴同學們說，老師眼紅是因為角膜炎，你不能揭穿喲！」

「可是……老師，」小惠眨巴著眼睛說，「人家一看就知道不是角膜炎，而是剛哭過，騙不過的。」

「來，我有好辦法！」老師竟然忘了悲傷，為想出一個好點子而開朗起來。她拉著小惠，快步走進就在旁邊的保健室，拿出一個小四方形的眼帶，鋪一片乾淨的紗布，拉開左右兩邊的橡皮環往耳後一勾，就把左眼蓋起來了。

「老師好聰明喲！真的很像眼睛生病。」小惠笑，老師也笑了。

開完朝會，升完旗，走進教室要上第一節課之前，學校規定三年級以上的班級，都要全體肅立，面向黑板頂端，掛在教室正中央牆上的日本國旗，唱一首悲壯的、叫做〈假如赴海〉的「海軍儀式歌」，然後恭恭敬敬行個九十度的敬禮，才能坐下來上課。那首歌是古文詩歌，歌詞不是白話，曲音低低的，曲調拍子很慢，唱的時候每一句都要拉得很長。四年級的小惠她們，沒人知道歌詞的意思，只覺得拉得長長的唱詞，像在繞口令，實在有點兒滑稽。所以，幾個調皮的同學，故意加重語氣唱尾音，唱得既有趣又開心。

「ㄨ ㄇㄧˇ ㄩˇ——ㄎㄚ ㄅㄚ——，ㄇㄧˊ ㄓ——ㄎㄨˇ，ㄎㄚ ˙ㄅㄚ ㄋㄟ——ㄧㄚ ㄇㄚ——ㄩˇ ㄎㄚˇ ㄅㄚˇ——，ㄎㄨ ㄙㄚ——ㄇㄨˇ ˙ㄙ，ㄎㄚ ˙ㄅㄚ ㄋㄟ——」

老師偷偷哭了

大家唱得正高興，老師卻突然掏出手帕，按按沒戴眼帶的右眼眼皮，猛眨起眼睛來。最後，不等大家唱完，她就轉身跑向廁所，過了好一會兒才重回教室，歉然說：「對不起，老師肚子不舒服……不過，沒事了。來，我們開始上課。」

從那天開始，每次唱這首歌的時候，她都低頭閉眼，緊緊的咬著嘴唇，任憑學生們用半開玩笑的唱法大聲唱，她都不制止，也不帶領學生一起唱。

小惠回去問爸爸，〈假如赴海〉那首歌是什麼意思？爸爸說：「噢，那是非常悲壯的，歌名其實叫〈視死如歸〉更恰當。」然後唱一句，解說一句，說：「假如赴海，不怕成為水中屍，假如赴山，不怕成為草中屍，只要能為天皇而死，勇往直前不回頭。」

小惠似懂非懂，但看到爸爸悲傷的表情，以及又是屍、又是死的，大約知道是一首激勵赴戰場的戰士，要決心為國犧牲性命的悲歌。她終於明白，老師為什麼唱不出這首歌的原因了。

還有，小惠又想起，老師再三叮嚀，每月八日天未亮就要到神社廣場集合，向神祈求，祝福日本帝國戰勝每一場戰的參拜活動，一定不能缺席，不能遲到。原來，老師是要祈禱戰爭勝利，師丈就可以早日凱旋歸來。

「媽，每月八日的『大詔奉戴日』（即「開戰紀念日」。西元一九四一年十二月八日，日本天皇向英美宣戰，便定每月八日為開戰紀念日）要記得叫醒我，千萬千萬不要讓我遲到哦！」

「好了好了，傻丫頭，竟然這麼『愛國』。」媽媽苦笑著回答。

15 大人饒命啊

「饒命啊——饒命啊——大人饒饒命，哎唷唷……………饒命啊……………大人喲………」每天晚上夜深以後，總有犯人被警察拷打的慘叫聲，傳入丁家大宅院。因為丁家院牆外不遠處，就是鹿港警察派出所。

「霹——啪——霹啪霹啪，咻——咻——」警察抽打犯人的皮鞭聲，在寂靜的黑夜聽來格外響亮。緊接著，犯人尖聲的哀號聲轉為無力的呻吟聲，然後嗚嗚嗚……低吟聲愈變愈小也愈弱，終於無聲嘆息。陰森森的黑夜，又恢復令人窒息的死寂，什麼聲音都沒有了。

「媽，那個被打的犯人，是不是死了？」小惠掀開蚊帳，望著窗外漆黑的夜空，不安的問媽媽。

媽媽趕忙走過來，拍拍小惠的背，安慰她說：「不會的，犯人不會死，只是暈過去罷了。」

爸爸嘆一口氣說：「『殺雞教猴』（臺語，即「殺雞儆猴」）竟然用這麼殘忍的手段，壓制人民不敢造反。」

「爸爸，什麼叫殺雞教猴？」小惠一向好問，每聽到新鮮詞句，總會緊追著問。

「這是一句成語。意思是說，刻意特別嚴苛的懲罰一個人，使別人看著害怕，就沒人敢大膽犯法了。」爸爸也不放過隨機教學。

「好可憐呵。那人犯的罪，本來不用拷打得那麼厲害，是不是？不知道他犯了什麼法？」小惠蹙眉。

「除了做黑市買賣，還有什麼法可以犯？」媽媽猛嘆一口氣說：「配給食物吃不飽，農民偷帶些蔬菜米肉出來換舊衣服，就被打得死去活來，臺灣人真可憐，不知什麼時候……」媽媽一句話沒說完，小惠就搶著插嘴：

「媽，我們不是日本人嗎？老師說，要區分的話，就要說『內地人』和『本島人』，不可以說『臺灣人』。」

「對對對，『本島人』真可憐。」媽媽急忙改口。因為自從芸姊被捕以後，丁家的大人說話都很小心。讓孩子穿和服過新曆年時，還刻意叫孩子在大門外遊戲，儘量引日本人警察注目、看見呢！

「最可憐的是『本島人』要跟『內地人』去打仗，竟然被徵到中國大陸去當軍夫（軍隊裡的苦力及雜役，並非作戰的戰士），打自己人去了。」爸爸說。

小惠愈聽愈糊塗，本來想打破砂鍋問到底，但夜已深，小惠「哈」——的打了一個大哈欠，媽媽趁勢說：「睡吧，孩子，明天早上還得上學呢！」她幫小惠蓋好被，又回燈下繼續縫製防空帽。防空帽是保護頭部，防止被炸彈破片射傷和灼傷的頭罩，双層有裡布，中間夾一層厚厚的棉花。

燈下只有一個圓茶盤那麼大的光圈，因為那年過完年以後，就偶爾會起空襲警報。為此夜間實施燈火管制，規定每家每戶自行縫製長筒形的黑色燈罩，把整盞電燈從頂上罩下來，以防止四射的燈光透出窗外，被敵人的飛機看見。燈罩下只有一圈茶盤大的光圈，媽媽在光圈下動針線縫衣服，爸爸擠在媽媽身邊動筆寫詩或看書。小惠曾經畫了這麼一幅題名叫「我的爸爸和媽媽」的圖畫，在學校的圖畫課堂上，被老師大大的稱讚過。所以，她每次閤上眼要睡了，又忍不住睜眼欣賞一下燈下的爸爸和媽媽。這一天也不例外，她看到媽媽手上縫製的防空帽，竟然是用木箱裡的「戲服」改製的。

「媽，那不是您最寶貴的紀念品——嫁妝衣裳嗎？怎麼拆了呢？」小惠好驚訝。

「不拆舊衣，哪來布料做防空帽？從前的衣服又寬又大，一條長裙拆開來，就可以給你們三姊妹，做三頂漂亮的防空帽。要拆的時候雖然很心疼，但想想，這樣也好，否則一顆炸彈下來，全家人都完了，留紀念品給誰呢？」媽媽的聲音好悲傷。

小惠卻很興奮，一躍跳下床，奪過媽媽做一半的防空帽套到頭上，忙找鏡子照了照說：「我以為是媽自己要戴的呢，原來是給我們的，這一頂是不是我的？」她端詳著鏡中的自己，笑瞇瞇說：「很像《老鼠娶新娘》那本圖畫故事書裡，小老鼠披在頭上的蓋頭巾，亮亮的緞料，棗紅色底、金黃色花，好美喲！」

「媽不知能不能看到小惠當新娘，殘酷的戰爭……」媽不知要說什麼，爸爸忙岔開話題說：「嗯，像，像老鼠新娘。小惠想嫁給太陽、雲，還是風？」

「嫁給壁洞裡的老鼠新郎！」小惠俏皮的大聲說著，跟爸爸笑成一團。爸爸說：「好了好了，快上床，快去作嫁老鼠新郎的夢，晚安！」他把小惠抱上床，讓小惠面帶微笑尋夢去了。

防空帽的樣式，像嬰兒用的連帽小披風，頸前打個蝴蝶結，戴起來挺可愛的，女孩子們都好喜歡。男生的防空帽，多半是用祖父母的黑色或灰色的舊衣褲改製的。調皮堂哥戴黑色的，故意配穿黑衣褲，又架上一副大黑眼鏡，裝成故事書裡的惡魔，突然從暗處跳出來嚇人。有一次，他躲在門後，準備又要嚇人，不料被大伯母家養的狗兒發現了，「汪！」一聲撲過去，差點兒咬住了他的腿。幸好他的反應快，大叫一聲「波姬！」狗兒認出他的聲音，才搖起尾巴兒來，甚至逗來逗去的，在天井裡玩起人狗的追逐遊戲。

每次，大人看到孩子們戴著防空帽，辦家家酒或玩遊戲，都會搖頭說：「不知天高地厚，這叫大人哭，孩子笑，還是『無知』的孩子快樂！」

「什麼叫『無知』？」小惠又抓到一句沒聽過的話。

「是『憨呆呆』（臺語）！」祖母說：「恐怖的大黑暗時代，不知要熬到什麼時候？」

「不會太久，我們校長說的！」小惠充滿著自信說：「我們校長說，日本在南洋每一場戰爭都大勝大捷，去當兵的大哥哥和叔叔們，很快就要凱旋回來了。」

「好，好，相信你們校長的。相信校長的話最快樂！」祖母猛點頭也猛嘆氣。

儘管白天裡，孩子們都玩得快快樂樂，但是到了夜裡，聽到派出所傳來的犯人哀號聲，幼小心靈都會顫抖起來。

「饒命啊——大人饒饒命……哎唷唷……嗚……」小惠常分不清是睡前

聽到，還是夢裡聽到。每到夜晚，耳邊都會響起悽厲的慘叫聲。她想起祖母說的「恐怖的大黑暗時代」，不能不懷疑起校長的話來。

16

「鄰組」活動

「ㄊㄨㄥˇ ㄊㄨㄥ，ㄊㄨㄥ ㄎㄚˇ ˙ㄌㄚ ㄌㄧˇ ㄅㄡ——ㄊㄜ ㄋㄚˇ ㄌㄧ ㄍㄨ ㄇㄧˋ……」

全鹿港，街頭巷尾的孩子們，都在唱這麼一首曲調輕快活潑，歌詞順口又好玩的兒童流行歌。那是學校的老師教的，從一年級到六年級，音樂課都教這首新歌，所以沒多久，就成為大大小小全都會唱的流行歌，連大人都陪著孩子一邊拍手一邊唱，家家戶戶都唱得很開心。

這首歌的歌名叫〈鄰組〉，就是鄰居守望相助的意思。歌詞大意是：

「咚咚咚，我們是守望相助的好鄰居，缺東西要來要去，大家都是自己人嘛！傳來吧，把『迴覽板』傳過來，有時我通知你，有時你通知我，我們是好鄰居。」

小惠四年級時（西元一九四四年），太平洋戰爭已到了末期，想要征服、併吞全世界的日本帝國，因為兵力不足，物資也極度缺乏，國民生活貧困，已經到了吃不飽的程度。

但是日本政府就有本事，激勵國民「寧死不降，絕對要打勝仗」的團結愛國精神，不但要農民努力增產報國，全民也都要發揮互助合作的精神。所以，把鄰居住戶組織起來，叫做「鄰組」，每一鄰組又分為壯丁組和婦女組，每一組都推選一名組長，負責傳達政府隨時發布的政令措施，以及推展戰時的防空避難演習、愛國捐獻或勞動服務等等，各式各樣的戰時義務活動。

小學生沒有能力參與，但可以當大人的「啦啦隊」，用嘹亮童稚的歌聲，大唱那首好聽的〈鄰組〉，給家庭製造輕鬆氣氛，也給社會增添活力，使人們忘了吃不飽的愁苦。

ㄊㄨㄥˊ ㄊㄨㄥˊ，ㄊㄨㄥˊ ㄎㄚˇ ˙ㄌㄚ ㄌㄧˇ ㄉㄡ——ㄊㄨㄛˊ ㄋㄚˇ ㄌㄧ ㄍㄨ ㄇㄧˋ……小

惠又唱又跳，在天井裡表演給大家看。「這些舞步和動作，是我編的。」她神氣又得意的說：「我們老師生寶寶，校長來代課，他會教唱歌，不會教跳舞，所以叫我編，也叫我教全班小朋友跳。」

外婆和阿姨熱烈鼓掌，大聲叫好。淑靜、淑芬、阿宏、彬彬等幾個小觀眾卻不服氣。他們一起唱，一起跳起來，他們的舞步和動作一致，是老師教的全校統一的標準跳法。

外婆和阿姨會在小惠家，是因為小惠的媽媽生小弟坐月子，她們每天都來幫忙做家事和照顧小孩兒。

那天下午，阿姨在天井裡，正在幫忙外婆剉番薯籤，那是很重要、也很吃重的一項家事。因為當時農民雖然努力增產米糧，但多半被徵收，運到海外去充當軍糧。留給島內居民食用的米十分有限，所以按照每戶人口的數目，實施嚴格的配給制度。雖然每戶都有飯吃，但只能吃個六、七分飽，所以農民利用不能種水稻的旱田或山坡地，儘量栽種番薯、玉蜀黍或樹薯等，供應每戶家庭補充米糧的不足。

問題是番薯出土以後，很容易腐壞，所以買回來以後，要趁天晴的日子，趕快把它刣製成薯籤晒乾，那就至少可以保存兩三個月，隨時抓些摻在白米裡，煮成番薯籤飯或粥，填飽肚子度三餐。小惠家孩子多，萬一連續幾天空襲，不能到鄉下買番薯，隨時都有斷糧的可能。纏腳的外婆年輕時沒做過粗活，但是在生活艱困的戰時，卻變得很能幹，尤其小惠的媽媽坐月子，她更是像陀螺一樣，一天到晚忙得團團轉。

外婆和阿姨一邊忙著刣製番薯籤，一邊忙著照顧小孩。因為祖母剛煮好一碗痲油雞，悄悄送入臥房裡，給坐月子的媽媽吃，萬一小惠她們一群小蘿蔔頭闖進去，心軟的媽媽不忍心看孩子們垂涎，一人分一小塊，她自己就沒得吃了。

當時坐月子的產婦，要吃一碗痲油雞，可真不容易呢！那是前一個晚上十一點多以後，阿瘦嫂連夜摸黑，提著蓋番薯葉的籃子，送來的一隻肥母雞，籃底還藏了十來個雞蛋。她說，幸好這隻母雞會跑也會飛，前幾天大人（警察）到她家調查戶口，在院子裡撲了半天沒抓到，否則早就被他抓回去吃掉了。這次她送母雞來，不是要換舊衣服，而是想換一只玉手鐲給她女兒做嫁妝。小惠的媽媽從木衣箱的箱底，摸出她的寶貴嫁妝手鐲，心疼的正要遞給阿瘦嫂，祖母突然脫下她腕上，一只戴了將近五十年的玉鐲，要塞給阿瘦嫂。婆媳推來推去，嘰嘰喳喳的說話聲，吵醒了睡夢中的小惠。她翻了個身，依稀聽到爸爸說：「娘，您不戴會不習慣的。您不是說戴古玉能避邪，玉鐲是您的護身符嗎？」

「對對對，我不敢要老夫人的。」阿瘦嫂說：「少奶奶的反正不戴，藏在箱底太可惜，就給我女兒出嫁日戴一戴討個吉利，同時也免得兩手空空，不像個新娘。」

就這樣，媽媽心疼的用一只玉鐲，換了一隻母雞和十來個雞蛋。爸爸卻很興奮的向阿瘦嫂謝了又謝，說：「每家都吃不飽，街上人養不起畜牲，真正有錢買不到。內人坐月子如果不補一補身子，哪來奶水餵小嬰兒？真是謝謝你啦！」

阿瘦嫂說：「好人做到底，我順便幫你們宰了雞再回去，你快去燒開水。」祖母和爸爸又是連聲的道謝，手忙腳亂的生爐子燒開水去了。那時候鄉下人好神氣，他們有多餘的雜糧或私藏的米穀、魚肉，要跟街上人換東西，完全是施捨者的高姿態，如果沒有交情，還不肯換呢！

小惠她們還在天井裡嬉戲，隔壁的阿雪姨和春香姨匆匆闖了進來，朝著小惠的阿姨大叫：「哎呀，組長，你還沒換衣服啊？已經兩點半，快來不及了！」她們是來催小惠的阿姨到鹿港國小集合，參加「愛國女子青年團」的集訓。阿姨是「鄰組」的婦女組組長。「愛國女子青年團」是由全鹿港街（當時稱鎮為街）的各鄰組，年滿十六歲以上未婚女子組成的團隊。每天下午兩點五十分集合，在學校操場集訓，學習「消防滅火」、「急救」及刺殺敵人的「衝刺操練」。她們學會了以後，回到「鄰組」，就要當老師，傳授給

「鄰組」的主婦們，訓練每一位媽媽都能隨時充當消防員、救護員。萬一遭到美軍敵機轟炸時，才能互助合作救火和救人（由男士組成的，叫「壯丁團」，也每天集訓）。

小惠的阿姨丟下剉了一半的番薯塊，擦擦手，奔回就在隔壁兩家的自己家，換衣服去了。小惠她們一群蘿蔔頭，跟著守在阿姨家門口等她出來。阿姨穿一身滑稽的制服——白色長袖襯衫，配一件褲腳束起來的卡其色燈籠長褲，頭上綁一條卡其色三角巾，額前連著一片突出的舌狀帽簷。小惠忍不住笑起來說：「嘻……阿姨像男生。」

阿姨驕傲的說：「當然要像男生，才能勇敢刺殺敵人呀！」她知道這一群小蘿蔔頭，又要尾隨她，跟著去看她們集訓了。阿姨急急忙忙一路走，一路解下她頭上的三角巾，得意的說：「這條三角巾，綁在頭上是防空帽，解下來是繃帶，可以給受傷的人捆紮止血，也可以當吊帶，固定折斷的手臂或腿，可真方便呢！」小惠搶過手，試戴了一下，說：「可惜一點也不好看，還是我們小孩子的防空帽比較漂亮！」

在操場邊，小惠看到阿姨當一個小隊的隊長，站在隊前喊口令，好像自己也沾了光似的，感到好驕傲、好光彩！尤其看到阿姨們分組比賽傳水桶救火的快速與不失手，好像運動會的趣味競賽一樣，刺激又好玩，小觀眾們忍不住啪啦啦鼓起掌來。阿姨們都很認真，急救的演習演得像真的一樣，有人扮演傷者，被人抬在擔架上跑。跑到救護站，有的傷患接受呼吸急救，有的傷患接受頭部、胸部、大腿、手臂……身體各部位的捆紮綳帶。

有時候，指導老師（醫師）會突然招手，叫小觀眾去充當傷患，孩子們都爭先恐後的搶著跑過去。小惠也被抬了幾次。第一次因為覺得好玩兒，忍不住格格的大笑，結果挨了一頓罵。之後她就調皮的裝出嗚嗚嗚……的假哭聲，這下換成阿姨們忍不住笑了。

每天結訓前的最後一個訓練項目，是拿竹茅刺殺敵人的衝刺動作操練。穿軍服的日本教練一邊解說，一邊做示範動作。他說：「萬一美軍登陸，我們沒有槍，也沒有刀，但有這一根長又尖的竹茅當武器，照樣能抵禦敵軍，殺死敵兵。殺——」他突然尖厲的叫著，一個箭步跳上前，就好像真的刺死了一個人似的，兇煞的表情十分恐怖。

阿姨們好像渾身顫慄起來，開始隨著教練宏亮的號令，「殺——殺——」的一次又一次喊著，練習刺殺的架式和動作。場邊的小觀眾也一個一個「殺——殺——」喊著，成對玩起互相刺殺的遊戲來。

那一段吃飽的苦日子，大人愁眉苦臉，但孩子們幾乎天天笑嘻嘻。因為大人都半餓著，把能吃的都讓給小孩子吃。孩子們非但不知愁苦，還挺開心呢！因為每天早上到學校，差不多固定在上第三節課的時候，就會嗚嗡——嗚嗡——的拉起驚天動地的警報來。學生馬上背起書包奔出教室，到操場去排按鄰組編排的路隊，由最高年級的路隊隊長帶領，井然有序的沿著一定的偏僻路線，藏藏躲躲，快速跑回家。

結果十有八九，只聽到天邊傳來輕微的呼呼飛機聲，很少真正看到飛機從頭頂上的天空飛過，而這一天也就停課，不用再上學了。而且老師來不及出習題，所以也沒有家庭作業，整個下午就是玩遊戲。尤其有如同看運動會那般有趣的阿姨們的操練可以看，孩子們怎不笑歪了嘴呢？

「殺——殺——！」孩子們不是在玩刺殺遊戲，就是在唱「ㄊㄨㄥˇ ㄊㄨㄥ，ㄊㄨㄥˇ ㄎㄚˇ ˙ㄌㄚ ㄌㄧˇ ㄉㄡ——ㄊㄨㄛ ㄋㄚˇ ㄌㄧ ㄍㄨ ㄇㄧˋ……」街頭巷尾充滿著孩童天真的笑鬧聲。

17 戰火逼近

「瘋了瘋了，簡直瘋了！」伯父在大廳裡踱來踱去，喃喃自語猛嘆氣。

「誰瘋了？」小惠悄聲問坐在廳前廊上，晒太陽的祖母。

「囝仔人（小孩兒）有耳無嘴。」祖母白眼瞟了一下小惠。

「什麼叫『有耳無嘴』？」小惠又問。

「哎呀，你這囝仔。聽冏（臺語：只顧）聽，不好黑白問啦！」祖母沒好氣的說：「去去去，大人心肝亂糟糟，不要來煩人！」小惠噘起嘴，她最討厭祖母動不動就用這句臺語搪塞，什麼事都不肯告訴小孩子，尤其想到老人家半句日語也不會講，害得她不能享受「國語之家」的榮譽，真是愈想愈氣。

「國語之家」是一塊寫這四個字的榮譽木牌子。跟戶長的名牌並排，掛在家門口門柱上，要全家人都會講日語，才能得到這塊由役所「公所」認定頒發的木牌子。掛起來，不但一家人顏面增光，警察上門來調查戶口時，也會客氣三分，很多大人都想要，何況是小孩兒呢？

為此，小惠幾次拿著一年級的國語課本，好心的想要教祖母日語，祖母卻生氣的說：「我才不學『番仔話』呢！」小惠為祖母的不好學，覺得很奇怪。因為她常聽祖母吹噓，說小時候女扮男裝，在私塾裡跟男生一起讀過三四年的書。還說她作的詩，常被老師拿給全班欣賞、吟哦呢！怎麼人老了會變得這麼不好學？簡單的一年級國語課本，連看都不看一眼，難怪日本警察處理老人的事時，語言無法溝通，就搖頭罵他們「老古董」。

「老古董！」小惠偷罵祖母一聲，告訴自己說：「您不告訴我，我問爸爸去！」轉身跑開了。小惠問爸爸，什麼是「囝仔人有耳無嘴」？爸爸支支吾吾老半天才說：「這……有時候有些事，即使大人詳細說明，告訴孩子，小孩子還是聽不懂。孩子愈問，大人心愈煩，就會說『囝仔人有耳無嘴』。就是只管聽，不要發問的意思。」有問必答的爸爸，第一次沒給小惠滿意的答案。

這下小惠更好奇了。她察言觀色，暗中注意大人的言談，好像在說陳醫師的大女兒，自願要到前線當護士，照顧傷兵。那位陳大姊是堂姊淑貞的好朋友，讀臺中高女三年級，人長得很漂亮，父母非常疼愛她。聽說她父母不允許她去，她卻嘔氣好幾餐不吃飯，鬧著非要去不可。陳醫師沒辦法，來向伯父求救，伯父過去半勸半訓阻止她，還是無法改變她的心意。聽說昨天已經跟著一位內地人同學，搭火車到臺中集合，不顧父母的哭求，頭也不回的揚長而去了。

「中毒，中了日本狂犬病的毒！」伯父這樣罵著。小惠不懂，為什麼伯父要這樣生氣罵人呢？她每天朝會的時候聽校長的訓話，說愛國從軍是非常光榮偉大的。有一則〈愛國少年〉的故事，說有一名少年在飛機轟炸時負了重傷，臨死之前還唱日本國歌，最後喊了一聲「天皇陛下萬歲！」才斷了氣。小惠聽得好感動好感動，想像自己有一天被炸彈炸到時，也要學那名愛國少年，唱完國歌，喊完「天皇陛下萬歲」才要閉上眼睛死去呢！

那一陣子，伯父的脾氣很壞。小惠想起上個星期，阿瘦嫂哭哭啼啼來訴說，她的兒子聽上司——鹿港街長的鼓勵，自願當「少年航空兵」，入伍受訓，學開飛機去了，伯父聽了大罵說：「為什麼不早來告訴我？我會用繩索把他捆起來，絕不會讓他去送命！你知不知道，學會了開飛機要做什麼？要當『神風特攻隊』，一去無回的。」

「什麼叫『神風特攻隊』？」阿瘦嫂哭著問。

伯父猛嘆一口氣說：「哎呀，你這憨查某（臺語：傻女人）。現在說，已經太遲了。反正凶多吉少，你呀，你實在歹命。」

「不一定會死吧……？」阿瘦嫂顫抖著聲音哭問。

「燒香求媽祖婆保祐吧！」伯父眼眶紅了起來。阿瘦嫂家是伯父家的老佃農，那名去當飛行員的佃農兒子叫阿財，伯父常誇讚他，說他人老實又有禮貌，從小就很會念書。他有小學高等科畢業的學歷，能到役所（鎮公所）當職員，都是伯父贊助、鼓勵和幫忙的。

「死狗仔！瘋了瘋了，簡直瘋了！」斯文的伯父竟也忍不住破口大罵。

小惠很納悶，為什麼校長跟伯父的想法，有那麼大的差別呢？小惠知道什麼叫「神風特攻隊」，那是一種自殺飛機，只有去程的燃料，沒有回程的油，讓一名飛行員駕駛一架小戰鬥機，針對敵人（美軍）的龐大軍艦撞上去，與敵軍同歸於盡。那是聽校長用崇拜與讚揚的語氣說的。

「多麼英勇偉大的犧牲精神！」小惠想像那名偉大的愛國英雄，臨死前一定也唱國歌，也喊「天皇陛下萬歲！」她把死亡想像得很偉大，也很淒美。所以，她有點不諒解伯父，認為伯父太不愛國了。

直到有一天，小惠才真正體會到死亡的恐怖與悲哀。那天跟平時一樣，早上十點多就聽到警報聲，學生們都排路隊回家。有兩個丁家遠房親戚的小男孩，三年級的阿輝和一年級的弟弟阿煌，想到丁家跟小惠他們一起玩，所以沒有排在他們自己鄰組的路隊，而偷偷潛入小惠他們的隊伍，跟著回到了丁家。大家以為又跟往日一樣，遠遠的只聽到呼呼聲而見不到飛機。沒想到，呼呼聲愈響愈大聲，大人們急呼：「快躲進防空洞！」

丁家的防空洞，設在每戶的主臥房，古式的紅木大眠床下面。阿輝和阿煌倉皇跟著小惠跑進臥室，鑽入大眠床下的防空洞坐下來，照著學校所受的訓練，雙手拇指按住耳洞，手掌掩目，低著頭，靜等飛機飛過去。可是，飛機低空轟然掠過以後，馬上又飛回來，好像就在屋頂上盤旋繞圈圈，聲音之大，真會嚇死人。小惠他們怕得縮成一團。說時遲，那時快，「轟隆！」一聲巨響，隨著炸彈爆炸聲，整棟房子和地面搖搖晃晃震動起來，全屋子匡啷啷的響，牆上、桌上的鏡框、杯盤都掉地上破碎了，房子還在搖，地還在動。過了好一會兒，等真正沒聲音，沒動靜了，大家才鬆開摀耳掩面的手，抬起頭來互相對望。突然，小惠哇——的大聲哭起來，投入祖母的懷抱，另一隻手擁住媽媽和媽媽懷裡的小弟弟，繼續大聲哭。

阿輝和阿煌兄弟倆也抱在一起，但他們沒有哭，只是怕得臉色蒼白，愣了好一會兒，才慢慢從防空洞爬出來。大家怕怕的探步走出臥房，還沒到大廳，就聽到外面有人在喊：「炸彈落在天后宮後面，炸垮了好幾棟房子，活埋了好幾家人……」

「天后宮後面？」丁家的大人小孩，全都把目光轉向阿輝、阿煌兩兄弟，因為他們的家就在那附近。小兄弟倆拔腿就要跑回家，伯母和嬸嬸一人一個拉住他們說：「現在回去太危險，待會兒叫桂花送你們回去。」

話剛說完，伯父家的男僕從外面跑進來說：「阿輝、阿煌在我們家是不是？阿彌陀佛！」他氣喘吁吁壓著胸口吐出一口大氣，才悲傷的說：「他們家……他們家全毀了。壯丁團正在挖瓦片，被埋在下面的一家人，恐怕全都完了。」

就這樣，瞬間阿輝、阿煌成了沒爹沒娘的孤兒，大夥兒圍著，爭相摟住兩個小孤兒，大人小孩哭成一團。

很快的，炸彈落地時沒在家的人，一個一個回來了。小惠的爸爸回來探個頭說，家人平安沒事就好，他躲在學校的防空洞也沒事，吩咐媽媽和祖母、嬸嬸們，好好安撫阿輝和阿煌，他要幫忙警察指揮救難，一轉身就跑了。跑出幾步又回頭，叮嚀小惠的媽媽說：「不要讓小孩子出去看，太殘忍了。死傷好多人，好淒慘。」

小惠看到爸爸跑出去的背影，好像褲管上有紅紅的血跡，一定是救護傷患時染到的。她聽到關門聲，爸爸順手把大門帶上了。

好奇的小惠馬上跑到門後，趴在門縫窺看外面的街景。只見好幾個警察嗶嗶的吹著哨子，阻擋湧向現場看熱鬧的群眾。平日在操場上表演救護演習的阿姨們，用擔架抬著真正在流血、在呻吟的傷患，快步往各家診所奔跑。手臂上套著標誌布環的壯丁團團員，有的拿鋤、有的拿鏟，都在往現場急奔。小惠家離天后宮相當遠，當然看不見現場的慘狀。但刺鼻的炸彈

煙硝餘味，使小惠不由得感到恐怖。

「噢，這就是戰爭，就是死亡，太恐怖了！」她在心裡這麼想著，再也不覺得死亡淒美了。

回到大廳，看到伯母正在給阿輝、阿煌擦眼淚，媽媽雙手合抱著他們，安慰著說：「就住我們家好了，小惠、淑芬都喜歡你們，會把你們當親弟弟一樣疼你們，還有哥哥、姊姊們都會疼你們。」嬸嬸也搶著說：「你們家孩子太多，我看晚上就睡我們家防空洞好了。」小兄弟倆只顧哭喊媽媽，什麼也聽不進去。

「不要哭嘛，我的球送你。」小惠把手上一顆小橡皮球塞向阿輝的手。圍成一圈的丁家小孩子，全都把手上的小玩具塞過去，有彈珠、有橡皮圈，也有蠟筆和色紙。

那天傍晚，嬸嬸正在給阿輝和阿煌洗澡的時候，他們的外婆聞訊從鄉下跑到街上，一路哭嚎著跑進丁家，把兩個小孤兒帶回鄉下去了。

從那天開始，每次聽到拉警報，不管有沒有飛機聲，大人小孩都急奔，就近鑽入別人家的防空洞。小惠摀耳掩面壓得太緊，常常聽不見警報解除的報聲。「喂，怕死的膽小鬼，警報解除了。」調皮的堂哥捅她脇邊說：「走，我們繼續玩投球。」

小惠拾起滾落腳邊的白色小橡皮球，想起那是剛升上二年級不久，政府免費發給全臺灣小學生，每人一個的橡皮球。校長在升旗臺上，慷慨激昂的說：「今年（西元一九四二年）二月十五日，我們大日本帝國皇軍，攻陷占據了新加坡。新加坡是盛產橡膠的國家，為了讓臺灣的小學生分享戰勝的榮耀和歡欣，特地由新加坡的橡膠廠，製造了幾萬箱的橡皮球，用大船運到臺灣來，免費送給小學生做紀念。我們要感謝前線戰士的勇敢和辛勞，大日本帝國一定會很快的戰勝太平洋戰爭，把南洋富饒地區，全併入大日本帝國的版圖。」

「萬歲——天皇陛下萬歲——大日本帝國萬歲——！」校長帶領全校師生

高喊，聲音響徹天空，直入雲霄，學生們拍手又跳又笑。隨即每人分到一個粉白色的可愛橡皮球。校長宣布，第一節課不用上，讓大家在運動場上玩球。於是，男生投球，女生拍球，在運動場上撞來撞去，玩得好熱鬧。過了不久，又有幾十箱白橡膠底的黑布鞋運到學校，賞給每個班的前兩名優秀學生。小惠當然分到一雙，可惜不怎麼耐穿，所以早就穿破丟棄了。只有這顆寶貝球，很神奇的，別人的早就破掉，不見影子了，小惠的還好好的，大家都要邀她玩球。

「難道……皇軍打輸了？為什麼敵機會飛到臺灣來轟炸？」小惠心裡想著，也覺得不安起來。但她馬上告訴自己：「不會的，大日本帝國絕對會戰勝！」剛好聽到淑芬在唱輕快的，感謝戰士的兒童流行歌，小惠也跟著唱：

今天快樂吃晚餐時，
想到一家人能在一起，
真要感謝前線的戰士們。
為國出征，為國打仗的戰士們，
辛苦你們啦，謝謝，謝謝！
謝謝前線的戰士們！

18 全國總動員

愛國獻金運動

「瘋了瘋了，簡直瘋了！」伯父照樣每天這樣嘀咕著，愁眉苦臉在大廳裡踱步。

一群「愛國女子青年團」的團員，由小隊長——小惠的阿姨率領，浩浩蕩蕩走進丁家大廳裡見伯父。阿姨不敢開口，副隊長黃小姐大大方方說：「丁伯伯，我們是『愛國獻金運動』的運動員，要勸國民把家裡所有的金飾獻出來賣給國家。因為我們大日本帝國要戰勝『大東亞戰爭』（日人對『太平洋戰爭』的稱法），需要很多黃金……」

「知道知道！」伯父猛點頭，阻止她說下去。「會的，我會自動去獻、去賣，到你們的臨時辦事處去獻賣。」

「謝謝您，丁伯伯！」十多名隊員同聲道謝，聲音很響亮。她們恭恭敬敬，一起向伯父行個九十度的標準日本女人鞠躬禮，退兩步再轉身，走向隔壁家去了。

在天井裡玩耍的小惠他們，發覺新鮮事愈來愈多，好奇的馬上追過去，跟到隔壁家去了。

就這樣挨家挨戶，阿姨帶領的「愛國女子青年團」，走進每一戶，都同樣行禮，同樣說那一串「愛國獻金運動」的話。只是每次開口的都不是同一個人，好像她們約好輪番上陣，每個人的態度都很積極大方。

在街上走訪時，遇到很多同樣的隊伍。原來，女青年團分成好幾十個小隊，分配好了訪問區域，要遍訪每一家每一戶，連偏遠的鄉村，她們也要去呢！

小惠尾隨著阿姨這一隊，一家換過一家的走。她發現，這些阿姨們，從前都很矜持、忸怩而不大方，不知道什麼時候開始，她們個個變得都活潑大方起來。尤其看到她們在阿姨家排演話劇、練習合唱，準備到軍中表演、勞軍，大家都好興奮，幾乎都搶著要上場，沒有人推拖！

小惠跟著走了十多家，看到她們千篇一律說同樣的話，覺得不新鮮了，便自己先回家。剛走進大門，就發現整個大宅院熱熱鬧鬧，原來芸姊被釋放回來了。

小惠急忙跑過去，上下打量好久不見的芸姊。她好像什麼都沒變，同樣剪得整整齊齊的標準女生頭；同樣穿著水手服樣式的彰化高女制服；也同樣一副高傲模樣，理都不理會小惠他們這些小蘿蔔頭。

伯母興奮的一邊指揮女佣，趕快煮豬腳麵線，先讓芸姊吃了討個吉利，再燒洗澡水給她洗一洗，把霉氣給洗淨。她回頭向小惠媽媽道謝說：「謝謝你哥哥的幫忙，如果不是他為我說情，要買一隻豬腳，真不容易呢！」

原來小惠的舅舅是他們那一鄰組的「保正」（相當於現在的里長），說話有點分量，那天早上看伯母拿戶口簿，要買那個月分的豬肉配給時，在跟肉商理論，說為什麼不可以換買一隻豬腳？舅舅剛好打那兒經過，幫伯母說了情，才買到那隻珍貴的豬腳。

「總算日本仔還有點良心。」小惠聽爸爸在跟過來道賀的鄰居許太太解釋：「他們擔心萬一少年感化院遭轟炸，孩子們可憐，所以全放出來交由家人自己管教了。」

本來，像丁家那樣的大宅院，自己宗族的妯娌姑嫂一大堆，沒有必要、也不習慣跟鄰居串門子打交道，但自從為防空襲互助而組織所謂的「鄰組」以後，家庭主婦常常要集合，練習投砂包、傳水桶救火、爬竹梯救人等活動，所以沒多久，大家都變得熟識而親熱。尤其里長送「千人針」給婦女們繡的時候，更是這家跑過那家的，媽媽們串門子串得好開心、好熱鬧。「千人針」是給出征軍人戴在身上，代表眾多人對他的愛心關懷，和為他祈福的白布條。上面印著「武運良久」四字，由婦女們每人繡一針，打一個結，用紅色繡結把那四字繡起來。在前線的戰士，受傷時也可以拿它當綁帶或擦汗的手巾用。所以有一陣子，政府鼓吹後方的婦女同胞，大量製作「千人針」，送到前線，表達後方國民的精神支援及感謝之情。

許太太同情的問：「芸芸，在感化院吃得飽嗎？教官兇不兇？」

「沒什麼啦，」芸姊厭煩的回答，「只是每天讀指定的書，每天寫讀後感和日記。我知道他們希望我怎麼寫，我都寫他們看了會喜歡的，教官還誇我有文才，進步神速呢！」

小惠的爸爸聽了，馬上翹起大拇指，笑嘻嘻說：「嗯，好，芸芸聰明，芸芸長大了。」然後喃喃自語般說：「留得青山在，不怕沒柴燒。」

「爸，您說什麼？」小惠有疑問，一定馬上發問。

「噢，我說：『囝仔人有耳無嘴！』」

「好，我不問。不過，大人要『有嘴無耳』才公平，以後不要偷聽我們小孩子在講悄悄話喲！」

「好好，『大人有嘴無耳』。」爸爸笑瞇瞇。在一旁的祖母卻瞪一眼說：「沒大沒小，不像話。」

那天傍晚，伯父的男僕通知要開「丁家家族會議」，媽媽們知道要討論賣不賣金飾的事。吃晚飯時，淑惠的祖母嘀嘀咕咕說：「連金飾都不准人家戴，比秦始皇更刻薄。」

媽媽接口，問爸爸：「你說呢，是不是要老老實實全獻出去？」

爸爸喊口氣說：「連命都難保了，金飾有什麼用？反正不是白捐，政府用象徵性的低廉公定價格，強制收購，讓人們換幾文錢買番薯填肚子，也是個好辦法。」

家族會議的結果，是決定響應政府的政策，儘量拿出去半捐半賣。祖母從眠床櫃（古式的臥床上面有頂，三面有屏障，靠裡的屏障上端有迷你小櫃子。整張床由頂上罩下帷帳，像個小房間）拿出金手鐲和金戒指，在燈下把玩老半天，

說：「戴著過『最後一夜』吧，我這嫁妝首飾，跟著我過了半個世紀，本來想當傳家寶，留著給你大哥娶媳婦兒的。」她把金飾全戴上，小惠覺得好玩極了。再看看媽媽，她也提出鐵盒金庫箱，開鎖翻出她的嫁妝金飾，幫小惠和淑芬戴起來，說：「這是金手鍊，你們瞧，打造得多麼精緻，媽媽還是小姐的時代，流行戴這種鍊子，不流行戴笨重的手鐲，還有腳鍊呢！」

小惠和妹妹戴得嘻嘻笑，項鍊、手鍊、腳鍊全都有了，照照鏡子跳起舞來說：「如果鍊子上有鈴鐺，不是可以跳山地舞了嗎？」

媽媽說：「從前城市人才戴得起金飾，鄉下人戴不起。以後恐怕要倒過來，城市人的金飾都送給鄉下人戴，換番薯回來吃。」

爸爸說：「誰也戴不起，金子全拿去買軍需品，變成武器『戴』到死人身上去。」

「爸，您說什麼？」小惠忙問。

「噢，噢，對不起，『囝仔人有耳無嘴』。」爸爸笑，小惠笑，連媽媽也笑了。

那一陣子媽媽們和奶奶們，天天都在談賣金飾的事。媽媽告訴嬸嬸說：我只留下鑲翡翠的結婚戒指和一只金殼手錶，其他的全都賣了。」

沒想到過了幾天，那僅存的兩件紀念物，也要拿去分解，把金子挖出來拿去賣。因為民間到處都在傳說，日本科學家發明了一種偵測器，拿到家裡來掃一圈兒，什麼地方藏黃金，馬上能測出來。當時的政令很嚴，如果有人私藏而不獻賣，要被抓去坐牢。大家聽了都害怕，雖然半信半疑，但也不敢存有僥倖心理，因此自動挖的挖，拔的拔，半點不留的，全獻出去賣了。

捐廢鐵運動

不久，學校發起「捐獻廢鐵運動」，叫小學生們把家裡的罐頭空罐、瓶蓋、鐵絲、鐵釘……凡是用金屬做的廢物，都要拿去學校捐獻。朝會時校長說：「積少成多，廢鐵能變成軍艦和飛機，也能製成炮彈打敗敵人。前線與後方，軍民團結一條心，愛軍愛國，兒童不輸大人。大日本帝國一定能戰勝『大東亞戰爭』！」他突然舉起雙手大喊一聲：「萬歲——天皇陛下萬歲——！」

升旗臺下的全校學生，不由跟著齊聲高喊：「萬歲——天皇陛下萬下——！」士氣高昂到極點。放學回家後，大家迫不及待的到處亂翻亂找，只要找到一件金屬廢物，便高興得好像撿到金塊一般，恨不得趕快天黑，趕快天亮，明兒一早就可以帶到學校去捐獻。

小惠找到的是一個生鏽的破鉛桶，還有一根同樣生滿鏽的雨傘軸。她好興奮，自認為一定是全班捐獻最大件的，所以隨便喝兩口番薯籤稀飯，抱起破鉛桶就要往學校跑。媽媽忙追上前，大聲喝著說：「用一張舊報紙包一包，不然鐵鏽沾上衣服，洗不掉的。」

小惠讓媽媽幫她，把破鉛桶包好了抱在懷裡，一手拖著一支破傘軸，剛走到門口，就看到伯父站在大門前，望著街上小學生上學的情景，搖頭正在告訴叔公說：「您看，像不像一群小乞丐？瘋了瘋了，簡直瘋了！」

一腳跨進學校大門，小惠看到校長跟幾位老師，正在操場跑道上劃區域插小木牌，要給每一班級分開堆放所捐的廢鐵。學生們很有秩序的把帶來的廢鐵，堆到寫自己班級的小木牌後面。不一會兒，朝會開始了，校長站在高高的升旗臺上，指著臺下一堆堆的廢鐵說：「大家都看到了吧？哪一班捐獻最多？很明顯的，今天的冠軍是六年松班。大家鼓掌！」

啪啦啦啦……隨著鼓掌聲，全校師生的目光都轉向六年松班。那一班的學生，高興得又叫又跳的大喊：「萬歲——六年松班萬歲——！」

等稍微恢復安靜，校長才慢聲說：「最後一名是四年櫻班。大概是因為女生較嬌弱吧！」他望著小惠那一班說：「不過，戰時不分男女老少，大家都要盡力。兒童不輸大人，女生班也不可輸男生班！來，大家喊『四年櫻班加油！』」

「加油，加油，四年櫻班加加油——！」全校學生面向小惠她們的班級，齊聲喊了兩次。

當班長的小惠好慚愧，也很煩惱，要怎麼加油呢？

那天上課時，小惠一直在想「加油」的問題。想呀想的，忽然有個妙計浮上心頭。剛好下課鈴響，她忙找一位家裡賣菜的同學秋子說：「喂，你家是不是有拖車？下午能不能向你爸爸借用一下？」

「可以啊，我爸爸那輛拖車，只有早上運菜時才用，下午都停在我家後院，很少用。」

「太好了！」小惠把幾個要好的同學召集過來，興奮的宣布她的妙計說：「中午吃過飯到秋子家集合，我們借她爸爸的拖車，拖到街上去撿拾廢鐵，一定能滿載而歸。」那一陣子學校只上半天課，因為小學生也要響應「全國總動員運動」，不但要找廢鐵去捐，也要到鄉下採蓖麻籽和捉蝸牛。

廢鐵熔化，可煉製成飛機、軍艦和炮彈；蓖麻籽榨油，可製成飛機用的機油；蝸牛肉則可製成罐頭，送到前線去給戰士們吃。

那天下午，大家準時集合，小惠帶領五、六個同學，合力拉著拖車，沿街翻起路邊的垃圾箱來。當時鹿港街道兩側的排水溝上面，有統一規格的方形水泥垃圾箱，靠著騎樓的廊柱，每戶一個，排得整整齊齊。小惠他們循序，一個接一個掀開木蓋子，用長竹片當夾子，翻找垃圾裡面的廢鐵。

「好臭啊！」秋子掩鼻。

「戴口罩嘛！」小惠想起每個人口袋裡都有口罩。那是學校規定的，出門時一定要隨身攜帶，以便躲警報時隨時戴上。

大夥兒戴著口罩繼續找，但除了偶爾翻出幾片小瓶蓋或舊鐵釘之外，什麼都找不到。

「不要找了。」明子說：「沒有小學生的家庭，即使有廢鐵，也一定被鄰居的小朋友給搜刮光了，怎麼會丟進垃圾箱呢？」

「快逃！」春子突然叫，她看到迎面走來一位巡邏警察。那時候的小孩子沒有一個不怕警察，因為孩子們常看警察施暴力，在街上當眾「修理」違規或違法的人，警察在兒童心目中不是「人民的保母」，而是「凶神惡煞」的代名詞。

「別跑！」警察的喝聲如雷響，小惠她們怕得兩腿發抖。警察怒問：「在幹什麼？把整條街弄得髒兮兮。」因為小惠她們翻過的垃圾箱，有的沒蓋上蓋子，有的垃圾掉到箱外。

小惠怯聲回答：「我們……我們在找廢鐵，要捐給國家製造炮彈。」「噢，原來是愛國小學生！」警察瞪大眼睛，笑起來說：「快回去洗澡，太不衛生了，但是愛國精神可嘉！」

小惠她們大感意外。本來準備挨一記耳光的，竟然受到誇獎。臨走之前，警察突然拿出記事本，記下了小惠她們的名字。

帶一身惡臭回到家，小惠得意的說：「我們去翻垃圾箱找廢鐵，遇到一名警察，他說我們是『愛國小學生』。」

「什麼？你們去翻垃圾箱？」媽媽驚叫。拉著小惠的耳朵到井邊，泡了一盆消毒藥水，叫小惠先泡泡手，再泡泡腳，才可以進屋子裡洗澡。媽媽嘀嘀咕咕罵著說：「天下第一傻的傻丫頭，愛什麼國？瘋了是不是？」她猛嘆一口氣，學著伯父念：「瘋了瘋了，簡直瘋了。」

第二天，小惠空著手到學校，不知如何面對校長。萬萬沒想到朝會時，校長拿張紙條念名字，叫小惠她們幾個站到升旗臺上。原來，昨天那位警察，把小惠她們翻垃圾找廢鐵的事告訴了校長。

校長說：「四年櫻班捐廢鐵的成績，雖然是最後一名，但是她們的精神太偉大了。所以，校長要特別頒給她們全校第一名的精神獎，請大家鼓掌。」

啪啦啪啦……小惠她們得到熱烈的掌聲，但也得到一個不雅的綽號，有好一陣子男生都叫她們「歹銅舊錫」（臺語：撿破爛的意思），受到百般嘲笑。

不久，捐廢鐵變成了強制徵收鐵製品。凡是用鐵做的東西，不管是家具也好，建材也好，只要不是日常生活的必需品，都會被徵收。

手拿著警棍，腰上佩著刀的警察像個土霸王，帶領一隊苦力壯丁團團員，像一陣旋風闖入民宅，席捲奪走用鐵做的東西。小惠家有一頂「鐵眠床」，是當時流行的新式睡床，樣式跟紅木眠床差不多，上有頂，三面有屏障。全床用各種粗細長短不同的白鐵管組合而成，看起來輕巧舒爽，不像紅木眠床那麼笨重。事實上，夏天睡起來也特別涼快。

警察闖入小惠家，一眼看到那頂鐵眠床，馬上招手，叫那群壯丁團團員動手拆，說：「大發現！」聲音好興奮。「原來，民宅裡有這麼難能可貴的資源，一頂鐵床可以製成好幾顆炮彈呢！」

「不行啊，拿走我們的床，叫我們的孩子睡哪兒呢？」祖母和媽媽不約而同的驚叫。

「睡防空洞！」警察怒喝。小惠和弟弟、妹妹齊聲哭起來。但警察轉身朝他們一瞪，哭聲驟然停止了。平日小孩兒愛哭，大人都會嚇孩子說：「快別哭，哭了會被『大人』抓走！」現在警察就在眼前，誰敢哭呢？

就這樣，一家人楞楞的、眼巴巴的看著壯丁團團員們，把鐵床拆開抬走了。丁家每戶都有鐵床，那名領隊的警察一臉「大有斬獲」的表情，搖搖擺擺走出丁家大門口，卻不知想到什麼，突然轉身朝上面一看，喜孜孜說：「還有，還有，二樓陽臺的鐵欄杆，上去敲下來！」

「不行啊，沒有欄杆，小孩子會摔死的！」二伯母尖叫著說。二伯父剛好不在家。

警察卻理都不理，逕自率領那群隨他擺布的壯丁們，咚咚咚的奔上二樓，鏗鏘鏗鏘用大鐵鎚敲打。不一會兒，就把一整排鐵欄杆拔下，抬走了。

鏗鏘鏗鏘……小惠好像在作惡夢。那個面街的陽臺，是他們看遊行、看提燈會、看熱鬧的看臺。鏗鏘聲粉碎了她的愛國心，她感到恐怖。剛好空襲警報聲響起，小惠奔入防空洞，掩耳摀目，她不要聽，不要聽鏗鏘聲，也不要聽飛機的呼呼聲。

娃娃兵和小女工

有一天，寄宿在臺中讀中學的大哥突然回來，身上穿的竟然是草綠色軍服。小惠他們一群小蘿蔔頭馬上圍過去。

「大哥，你當兵了？什麼兵？」小惠驚訝的問，小鬼們好羨慕。

「學生兵！」大哥立正，做個軍人的舉手禮動作，神氣又驕傲的說：

「我們每人一枝步槍，真的有子彈呵！」

「淒慘，淒慘，真正的大淒慘。」祖母心疼的叫大哥把軍服脫下，說：

「小孩子穿大人的衣服，袖子、褲管都長那麼多，也不怕你們絆腳摔跤。」

她說：「還不快去洗澡，一身汗臭味，是不是都沒洗澡？」

「我們駐軍在鄉下小學，打地鋪睡在教室。蚊子很多，常常熱得睡不著。洗澡倒是每天都洗，因為鄉下地方總有溪流或水塘，大家可以跳下去洗。汗臭味是衣服沒洗，一方面沒時間，一方面是大家都懶嘛！」大哥講得還挺開心呢！

那是西元一九四五年的初夏。那一年的除夕和新年，在密集的空襲警報聲中過完以後，政府宣導城裡人，儘量往鄉間疏散，因為城市是敵機轟炸的目標。配合著疏散，學校也全面停課，小學生不必到學校，中學雖然不上課，但是男生要當學生兵，女生要做工，所以還得天天到學校。

「簡直瘋了！」祖母拿出針線，要把大哥太長的的袖管和褲管摺短。她嘆著氣說：「徵用你們這些十五、六歲的娃娃兵，到底能做什麼呢？」

「別小看我們，我們做的事可多呢！」大哥驕傲的說：「例如到乾涸的溪底採石頭，到山上搬運木材。現在在清水山上挖掘戰壕，準備美軍登陸時，做游擊陣地呢！」

「哇，大哥變成『泰山』了！」小惠很迷《泰山》那本圖畫故事書，忙問：「在山裡有沒有遇到老虎？有沒有看到大象和黑猩猩！」

「傻瓜，臺灣又不是非洲，你扯到哪兒去？」明哲罵小惠別插嘴，叫大哥繼續講下去。他好羨慕大哥上山入海的野地生活，因為從小他就好動，最喜歡看冒險故事。偏偏生活領域小，除了在學校和丁家大宅裡調皮搗蛋，玩些翻牆爬樹的遊戲之外，根本無處發洩過剩的體力和精力。

大哥吹噓起來，說：「我捉過蛇，也吃過蛇肉，味道鮮美，很好吃呢！」

「別聽他吹牛。」同樣從臺中回來的一位大堂哥走過來，加入了他們的談話。他說：「吃蛇肉是真的，不過不是他捉的，而是別人捉來煮給大家吃的。宰殺剝皮時，他怕得連看都不敢看呢！」他開始繪聲繪影說：「山上很多猴子，會偷吃我們的飯包。還有……很多人得一種叫『麻剌利亞』（瘧疾）的病，忽冷忽熱，熱起來要剝光衣服，冷起來蓋十床棉被還發抖……」小聽眾們聽得癡癡入迷。

「咦，大姊回來了。」小惠喊。大家轉頭，看淑清走進來。大堂哥上下打量淑清一番說：「挺像的嘛，小女工。晒得臉黑黑的，戴草帽、拿鐮刀、穿束褲腳的長褲，還有護袖黑手套。」大堂哥調侃她。

「你們女生能做什麼『奉仕作業』（義務勞動服務）呢？」大哥問。

淑清不理會他們，只管先找開水猛喝，咕嚕咕嚕的喝完後才有氣沒力說：「到八卦山種蓖麻和番薯。」她沒笑。

小惠知道姊姊笑不出來，因為上星期有一天，姊姊鐵青著臉說，她在八卦山鋤地的時候，突然翻出一個死人的骷髏，嚇得她差點兒昏過去。說著說著哭了起來。從那天開始，她每夜作惡夢，在夢中哭泣。祖母說她受了驚，每天都在燒香拜拜，求祖先保祐她呢！

媽媽從廚房裡端出一碗加蛋的麵線，要給大哥吃。小惠他們幾個蘿蔔頭很識相的，馬上自動走開。那是祖母給孩子們定的新規矩，說別人在吃東西的時候，小孩子要避開，不要站在旁邊「看人吃」，免得人家吃不下。

在吃不飽的那個時候，家裡偶爾有少許魚、肉、蛋等較好的食物，都只讓給最需要營養的人吃。大哥正值青年發育期，最需要營養，所以有好東西，都會留著等他回來時，煮給他一個人吃。

傍晚，鄰組的聯絡網一個接一個傳話，通知明天早上四點半天未亮，壯丁團就要集合，到海濱造臨時機場，也要挖掘「戰車壕」，讓美軍戰車無法登陸。

當時規定每戶要推出一名壯丁，去做各種義務勞動服務。學校停課以後，學校的男老師都變成壯丁團的領隊，所以小惠的爸爸也要一大早起

床。

「睡吧，大家早點兒睡。」媽媽催促。小惠說：「小孩子睡防空洞也不錯，免得半夜被叫醒好幾次去鑽防空洞。現在，我們可以一覺到天亮！」

19

死別的陰影

小惠的小弟弟躺在祖母的懷抱裡撒嬌，他雙手玩弄著掛在胸前的一小片木板牌。「阿嬤，阿嬤，大家都掛鍊鍊，為什麼您不掛呢？」他才四歲，嘴巴很伶俐。

小弟弟說的鍊鍊，就是他胸前那張木板片，穿在一條紅色粗棉線，套在每個人脖子上的「身分證」。

身分證上面寫著姓名、地址、年齡和血型。那是幾天前，衛生所忽然通知每個人都要驗血，把血型寫在一張小木片上面，讓大家隨時戴在身上。萬一被炸彈炸傷，流血過多需要輸血時，才知道血型，也才來得及救護。

祖母說：「憨孫仔，阿嬤這麼老了，還掛那種狗牌做什麼呢？」

「不是狗牌，是寫血型的身分證。」淑芬給祖母訂正說：「爸爸說，這條項鍊是『救命符』，很重要，吩咐我們千萬、千萬不要弄丟呢！」

「對啊，阿嬤怎麼可以不戴呢？」小惠接口說：「萬一受傷，人家怎麼知道給您輸什麼血型的血呢？」

「不知道才好，我不要人家救阿嬤。要救應該救小孩呀！」祖母話剛說完，驚天動地的警報聲又響了。小弟弟從祖母的懷抱裡跳下來，牽著祖母的手說：「阿嬤，安安攙扶您，小心不要摔跤啊！」小弟弟名叫安安。

「安安乖——」纏腳的祖母被安安牽著手，顫顫巍巍移著蓮步，鑽入臥房裡木床下的防空洞。

很快的，飛機伏衝的呼嘯聲，緊跟著機關槍噠噠的掃射聲一起響起來。祖母咒罵：「瘋狂的死狗仔政府，造什麼飛機場？掘什麼戰車壕？害得鹿港每天都有飛機來掃射。」

媽媽跟著祖母呢呢喃喃念起長串句子：「保佑保佑觀音菩薩媽祖婆，保佑臺中的典兒、彰化的淑清平安無事，保佑在學校值日的孩子的爹平安無事，保佑一家人平安逃過這次的空襲，保佑保佑觀音菩薩媽祖婆……」淑芬和安安也跟著呢呢喃喃亂念。

小惠雙手合十，閉緊雙眼也在心裡默念，但她念的不是觀音菩薩媽祖婆，而是「天照大御神様」，那是課本上說的，守護日本的天神。小惠不懂，祖母和媽媽都是日本國的國民，為什麼不信日本的神，而要信臺灣的神。校長說過，信臺灣廟裡的神是迷信，代表沒知識。

飛機聲愈去愈遠，掃射聲也沒了。小惠捅一下二哥的胳邊說：「喂，你念什麼神？」

「上帝！」二哥驕傲的說：「不是日本的神，也不是臺灣的神，是管轄全世界，全地球的神。」他每次都坐在最靠近洞口的位置。說萬一房子塌下來，他要第一個鑽出去呼救，而且也可以幫忙媽媽抱出小妹妹，拉出小弟弟，還能背出祖母。他常炫耀自己很有力氣，說祖母瘦又輕，他絕對背得動，甚至可以背著跑呢！

連著幾次空襲警報後，通常過了下午三四點，就不會有了。孩子們戴著大人說的「狗牌」跑來跑去，覺得新鮮而有趣。小惠說：「我是O型，可以救爸爸，也可以救媽媽，我可以救全家人！」聲音驕傲又得意。

二哥不好意思的說：「你可以救我，我卻不能救你，真對不起，因為我是B型。」他讀六年級，名叫明仁。

大夥兒在天井裡玩耍，川端老師忽然來到丁家。她用背巾背著孩子。那時候的媽媽，成天把嬰兒背在背上才放心，也才來得及隨時逃警報。

「老師好！」小惠忙上前行禮。小嘍囉們也跟著喊，跟著行禮。

老師一個一個摸摸大家的頭，問小惠：「媽媽在家嗎？」

「在啊，在後院『磨米麩』（米粉），我二哥在幫她磨。」

「磨米麩？」老師學著重覆這句臺語，歪一下頭，跟著小惠去見媽媽。

媽媽也背著跟老師同月生下的小妹妹，兩人像見到老朋友一樣親熱的互相招呼。

「來，我們看看誰的嬰兒大？」兩人都解了背巾，放下背上的嬰兒。

「你看，我的比你的瘦，好可憐啊！」老師說她奶水不夠，孩子吃不飽，很擔心會營養不良。」

「我也不夠呀，所以在磨米麩要給孩子添食呢！」媽媽說。

老師走過去，用手指沾沾磨好的米麩聞一聞，放到嘴裡舔一下說：「挺香的嘛，孩子愛吃嗎？」

「要不要試試看？」媽媽熱心的從熱水瓶倒出熱開水，調好了半碗糊狀的「米麩」，用小湯匙舀一匙給老師的孩子吃，沒想到吧嗒吧嗒，小嬰兒吃得津津有味。

老師興奮的說：「我這就回去拿米，拜託你們也幫我磨一些好嗎？」

「沒問題！」明仁說：「我們全家我最有力氣，要磨多少都沒問題。」

媽媽請老師先帶些回去，並且教她如何先把米泡軟，再放到鍋裡炒香，請她明天把炒好的米帶過來磨。

老師說：「我會多炒些，你們出工，我出米，我們家配給米較多，磨好了我們各分一半，怎麼樣，好主意吧？」

「那就不客氣囉！」媽媽好高興。因為原本不夠吃的米，為了磨米麩，一家人三餐吃的「番薯籤粥」，幾乎只見番薯籤，而不見飯粒了。

媽媽又問老師：「蚵仔煮麻油酒，吃了會有奶水，你們內地人敢吃嗎？」「為了孩子，我什麼都敢吃。」老師說完，兩人約好了明天來磨米麩和吃「蚵仔煮麻油酒」。

媽媽說：「只要有米，換蚵仔、換麻油或換酒，總有地方可以換，我去設法好了。」那時候，幾乎完全變成了以物易物的市場，很少人用錢買東西了。

就這樣，川端老師三兩天就來小惠家一趟。她跟媽媽兩人合作無間，變得跟親姊妹一樣要好，小惠看著好高興。

有一天，川端老師帶一張唱片來，用小惠家一臺手搖式的老唱機，放出一首如泣如訴的歌。老師和媽媽合著唱片裡低沉沙啞的老女人歌聲，一起唱：「ㄙㄨㄛˇ ㄉㄚ ㄋㄨㄛ ㄏㄧ ㄎㄡ ㄡˊ——·ㄎㄧ……」

小惠也跟著唱，因為歌詞很簡單，內容是：「看到天上飛的飛機，不禁惦念起我那當兵的兒子。噢，不，不不不，不是我的兒子。雖然明明是我親生的，但他不是我兒子，他是國家的兒子。」這首歌的歌名叫〈御國之子〉。

老師含著淚說：「我把它唱成『他不是我的丈夫，他是國家的丈夫』，心裡就好過些。」

「沒音訊嗎？」

「沒有……」

小惠趕快走開，她不敢看老師哭，因為看了，她也會跟著哭。

每次從防空洞爬出來，大人們就爭相探問，不知這次炸了哪裡？死了多少人？或說機關槍掃射，射死了幾個人等。「好淒慘啊！幸好我們丁家的祖先很靈，會保佑我們。可是那些在海濱做『公工』（義務勞工）的，太可憐了。天天都有人被射死。」伯母說。

「真的是祖先保佑。」小惠的媽媽說：「學校較年輕的男老師，統統被徵召入伍當兵去了。剩下沒幾個男老師，不是要值日，就是要值夜。我們孩子的爹才不必到工地，去當壯丁團的領隊監工。」

那天夜裡，小惠睡在防空洞裡，聽到洞頂上睡在大木床的爸爸、媽媽，嘰嘰喳喳小聲講著什麼。她豎耳仔細一聽，原來在講帶誰去陪爸爸到學校值夜的事。

媽媽說：「以後值夜，帶仁兒去吧！身邊兒帶個兒子，總要為我們家留個根呀！」

爸爸說：「我想帶小惠，她挺聰明的。沒有兒子，女兒招贅也可以啊！仁兒有力氣，應該留在你身邊兒。萬一要逃，也可以背他祖母。」

「那就帶淑清嘛，為什麼要帶小惠？」

「淑清是你的好幫手，你一個人要照顧老幼四、五人，怎麼能少她呢？」

「沒想到我們的命這麼苦，會遇到這麼瘋狂的大黑暗時代，一家人四分五散，不知道哪一刻、哪個家人會死。萬一家裡這邊遭難……嗚嗚……」媽媽哭泣起來，斷斷續續說：「你跟小惠……父女倆要相依為命……好好保重。」

「樂觀一點，樂觀一點，傷心也沒用的，一切全看天注定的命運。」爸爸嘆口氣說：「倒是你要堅強一點，萬一我在學校守夜時遭難，你不要太傷心，一家人全得靠你一個人。我相信天公不會那麼殘忍，讓我們的大兒子也遭難。典兒十六歲了，能平安回來，隨時都能挑起養家的重擔子……」

「我可不敢那麼樂觀……」媽媽哭著攔話說：「能平安回來，就由學生兵變成真正的士兵，滿十九歲就要正式入伍，到前線更危險。嗚嗚……」

「不要哭了，當心吵醒孩子。」

「川端老師說得不錯，有兒子等於沒有兒子，有丈夫也等於沒有丈夫，全是國家的！」媽媽咬牙切齒的聲音。

「唉——，這場悲慘的瘋狂戰爭，不知要打到什麼時候……」爸爸長長嘆了一口氣。

小惠在漆黑的防空洞裡，抹了又抹泉湧般流出來的淚水。她強忍著不敢哭出聲音來，她不要讓爸爸、媽媽知道她聽到他們的談話。她把被單拉到頭頂上，把整個頭蒙了起來，繼續流流流、流眼淚，繼續哭那沒有聲音的偷哭。

第二天一起來，小惠就忙著到廚房要幫忙媽媽。她認真看媽媽怎麼生火、怎麼淘米，什麼時候加入番薯籤。她一邊看一邊問：「兩個人要煮多少米，放多少水？」

媽媽奇怪的回頭：「什麼兩個人？」

「沒，沒有……」小惠不敢說。但媽媽馬上會意過來，紅著眼眶說：

「對，我應該教你。小惠這麼大了，應該學燒飯。」然後一邊動手，一邊說明、傳授。她說：「你爸爸不喜歡吃太鹹，也不愛吃辣。空心菜喜歡吃炒的，不喜歡吃煮湯的……」說著說著，聲音哽咽起來。剛好小惠的二哥闖了進來，他奇怪的看看媽媽、又看看小惠，說：「你們在談什麼？」

傍晚，爸爸說：「小惠，要不要陪爸爸到學校值夜？有風琴可以彈喔！」聲音很開朗。

「好哇！」小惠也朗聲回答。父女倆帶著媽媽趕工做的宵夜點心──番薯粉皮包蘿蔔乾的菜包子，歡歡欣欣走出大門。小惠想跟媽媽和小弟、小妹說聲再見，一回頭，才發現媽媽背著小妹妹躲在門後，偷偷抹著眼淚。

小惠終於沒喊再見，牽起爸爸的手，默默走向學校。一路走，一路想像媽媽背小妹牽小弟，在烽火中逃難的可怕情景，不由得眼眶紅起來。她偷眼看到爸爸的眼角也溼溼的。她不敢開口說話，但一蹦一跳的向前走，故意裝出快樂的樣子，領在爸爸前面，用跑跳步的走向爸爸的學校。

偌大的校長室，只有一張校長的辦公桌和椅子。值夜室就在校長室內一角，是用一條布簾圍起來的房間。裡面一張掛蚊帳的單人床和一套小學生桌椅，其他什麼都沒有。爸爸邀小惠到隔壁辦公室，一起去搬風琴，說：「晚上不能開燈，只能點一小盞菜油燈。就著微光，爸爸教你彈風琴，但琴聲要儘量壓低，才能聽到飛機聲。」

因為那陣子空襲次數密集，往往還沒拉警報，飛機已經飛到屋頂上了。防空洞就在校長室外面。爸爸說：「夜裡摸黑要躲進防空洞時，我必須雙手捧『教育敕語』，爸爸沒有手可以牽小惠，你要拉緊爸爸的褲帶，小心跟著爸爸跑。」

小惠知道「教育敕語」，是放在校長座椅背後，屏風裡面的一個神聖黑盒子。黑盒子擺在一個鋪紫色絨布的大黑漆盤上面。盒子裡面有一卷紙，每次學校開什麼紀念會時，第一項儀式就是校長念那一卷叫做「教育敕語」的手卷。念的時候，全校師生都要立正，莊嚴肅穆的低著頭靜聽，絕對不可以輕咳一聲。念完要送回校長室的時候，也跟送出來的時候一樣，由全校第二高職位的教導主任，戴白手套，恭恭敬敬，雙手高高捧在頭頂上，半低著頭，一步一步慢慢走。全校師生要行注目禮，很肅靜的，視線隨著那黑盤上的黑盒子，從校長室門口迎出來又送進去。

小惠一直想知道那手卷寫的到底是什麼，因為每次聽校長念，都好像在吟詩，又好像在念咒語，她連半句都聽不懂。但她從來不敢問，她感覺那是神聖不可冒犯的，屬於神的東西，唯恐問了會若惹禍遭災難，所以她一直把疑問藏在心底。

「今天是好機會！」小惠這麼想著，問爸爸：「爸爸，我可以打開那黑盒子，看看裡面那卷紙嗎？」

「可以，這兒沒有人，不會被人看見。」爸爸說：「不過，紙上寫的是古文，小惠看不懂。」

「那到底是什麼重要東西呢？要值夜老師捧進防空洞躲警報？」小惠疑

惑的問。

「噢，爸爸給你說明。」爸爸帶小惠過去打開盒子，只讓小惠瞄一眼，就很快的又收回去。「我們到那邊，免得運氣不好，被出來巡視校園的校長闖見，那就麻煩了。」

爸爸告訴小惠說，「教育敕語」是日本天皇下的詔書，內容是告訴國民如何為人處世等，關於國民道德與教育的期望和教育方針。「至於為什麼那樣神聖、重要嘛……」爸爸想一下才說：「日本的天皇代表國家，天皇像神一樣偉大，所以他下的詔書，也要像神寫的東西一樣，把它供奉起來。它擺在學校裡，就等於守護學校的神，當然重要呀！」

小惠似懂非懂，但她猛點頭。因為她不想再問，她急著要彈風琴和吃菜包子。

第一次跟爸爸值夜，小惠覺得很新鮮、有趣。那夜沒有躲警報，平平安安天亮了。爸爸說：「走，去看爸爸挑水肥。」

「挑水肥？」小惠以為聽錯了⋯⋯「爸爸，您剛剛說什麼？」

「挑水肥呀！」爸爸若無其事的回答。

「廁所裡臭臭的水肥？」小惠不相信的尖叫。

「嗯，去澆空心菜。爸爸每次帶回去的空心菜，就是利用值日的時間，在學校的農園自己栽種的。」

「真——的呀？」小惠瞪大眼睛說：「我以為爸爸在學校附近的農家買的呢！」

父女倆戴上口罩，到學校廁所去舀水肥。小惠站得遠遠的，看爸爸用一根很長的長柄杓子，彎腰向糞坑裡舀，不禁眼眶紅起來。這怎麼可能是常靠在窗邊兒吟詩的斯文爸爸呢？

爸爸說：「其實也沒什麼水肥，學校停課那麼久，哪來糞便？不過是一些較肥沃的泥漿罷了。」

爸爸顯然力氣不夠，看他顫顫巍巍挑一擔水肥往農園走，小惠想幫忙也沒辦法幫，只是紅著眼眶跟在爸爸後面走。她不敢掩鼻，還一直說：「不臭嘛，根本不臭！」

到了菜園，爸爸澆肥，叫小惠跟在後面澆水。爸爸一邊澆，一邊問：「小惠，你會煮空心菜嗎？」

「會，我知道爸爸喜歡吃炒的，不喜歡吃煮湯的，而且爸爸不喜歡吃太鹹。」小惠大聲回答。她感覺自己好像突然長大了，變成一個能幹的大姑娘，會燒飯、會煮菜、會洗衣服……她決心要做一個最會照顧爸爸的好女兒！

20

日本投降，臺灣萬歲

伯父的男僕水木老伯騎腳踏車，到鄉下去買蔬菜，車後的貨架上載了一大籮筐的茄子、絲瓜、胡瓜、南瓜，還有番薯葉，都是可以放幾天慢慢吃，不是隔天就會枯萎、變黃的青菜。那是丁家八戶的媽媽們，一起託他趁著沒有警報的空隙，到鄉下找熟人以物換物「買」回來的。

水木老伯抱一個大南瓜給小惠的媽媽說：「對不起，你那兩塊肥皂，只換到這一個大南瓜和兩條胡瓜。鄉下人說，飛機一來就掃射，他們怕得都不敢到田地裡工作。聽說十幾天前，他們村子裡有一對祖孫，在挖番薯的時候來不及躲警報，就在路上被掃射，當場死掉呢！」

「連鄉下都不敢出來耕種，恐怕不久大家就要啃樹皮、吃草根囉！」祖母在一旁猛嘆氣。

「最後就是人吃人。」嬸婆接口說：「我倒希望被炸死，不要餓死。」

「好了好了，別掃興好不好？」水木老伯不客氣說：「人家辛辛苦苦弄這麼多回來，不快謝我，還說那種洩氣話。如果不是我的鄉下朋友多，換你們去，還換不到呢！」他一臉得意。的確，沒有他，大家不知要吃什麼。老伯雖然不識字，但很健康，將近六十歲了，還能挑擔子，也會騎腳踏車。

「幸虧你年紀大，不然像你這麼有力氣的漢子，早就被徵召去當軍夫了。」祖母說。

「說的也是。」老伯仍然一臉得意。因為丁家一大群老幼婦孺全靠他，他覺得自己很重要。每次到鄉下載食物回來，都露出一臉笑容，好像很有成就感。

「這就是你那疊草紙（衛生紙）換來的……這是你那兩條毛巾換的……」

老伯的記性還真不錯，他一樣一樣念著，把各種蔬菜遞給媽媽們。「水木老伯，下次要去，載我去好嗎？我坐前面。」小惠跟著老伯走到後院，要去停放腳踏車。老伯忽然想起了什麼，摸摸口袋說：「噢，在田埂上，我撿到幾張紙片，薄薄韌韌的，而且很新，特地撿回來送給小惠摺飛機。」

小惠看到老伯掏出來的紙片，突然大叫一聲：「一定是敵人的宣傳單！」她興奮的亮著眼睛說：「我帶您馬上送去派出所。校長說的，撿到美軍飛機撒下來的宣傳單，絕對不可以看裡面寫的字，也絕對不可以交給別人或給別人看，要立即送到派出所！」

「到派出所？」老伯聲音拉得好高：「我不敢去，要去，你自己去好了。」老人家搖頭又搖手。

「哎呀，怎麼這樣膽小呢？不會怎樣啦！」小惠拉著老伯的手說：「這是愛國的表現，警察不會罵你，還會誇獎你呢！」她急著要去立功。

就在這個時候，伯父推開後門，從外面進來。他在郊外有一棟花園別墅，那一陣子常常住在那兒避難，偶爾才回來一次。「做什麼？嚷嚷什麼？」他先打招呼。

「小惠要拉我去派出所，說我撿到的紙片是敵人的宣傳單。」老伯怯聲回答。「我看看，看是不是宣傳單？」伯父一把搶過手，每張都瀏覽一下，猛點頭說：「嗯，沒錯，是美軍從飛機上撒下來的。」

「快，我們快交給警察。我們校長和老師都說過，如果我們撿到巧克力糖，也絕對、絕對不能吃，那是毒糖，敵人要毒死小孩子，叫我們要馬上送去派出所。」那時候學校雖然停課，但有返校日，校長和老師就是在返校日告訴學生的。

「去吧，」伯父把單子還給老伯說，「跟著小惠去。不過，不要告訴警察，說我看過。」

「上面寫什麼？」老伯不安的問。

小惠說：「伯父，您也沒看內容是不是？我們校長說，撿到傳單，不可以看的。」

「對，伯父不敢看，所以沒看清楚。不過，還是不要告訴警察，說我翻過。」伯父再三叮嚀。

「好，好，快，我們用跑的！」小惠飛也似的拉著水木老伯跑。

警察們猛點頭誇獎，說小惠是愛國兒童。他們知道水木老伯不識字，好像很放心。「沒給別人看吧？」一個警察問。

「沒有沒有！」老伯猛搖手說：「除了小惠這孩子，沒人知道我撿到這，這……叫什麼單的。」

「那就好。」他看看小惠，轉頭告訴另一位警察說：「反正小孩子看了也不懂。」

小惠一蹦一跳跑回家，她急著要向堂弟、堂妹們炫耀，說她為大日本帝國立了大功，帶不識字的老伯，把敵人的傳單交給派出所。

傍晚，小惠看到伯父匆匆來找爸爸，邀他到樓上書房，好像有什麼重要事要商量。

小惠猜想，一定跟傳單有關，因此悄悄躲在書房外偷聽。她斷斷續續聽到一些句子，什麼「B29」、「原子彈」、「開羅會議」、「歸返祖國」……根本不知道什麼意思。伯父和爸爸好像沉思好久，最後，爸爸說：「難怪這幾天來了飛機，卻不轟炸，只丟下傳單。」

伯父說：「不知時局會怎麼變！」

爸爸說：「除了『玉碎』，還能怎樣？臺灣人的命是『陪葬』！」

伯父猛嘆一口氣說：「實在不甘心，死不瞑目！」

平平靜靜過了兩三天，西元一九四五年八月十四日晚上，保正（里長）慎重其事的挨家挨戶通知說，明天中午，有日本天皇的「玉音放送」，請大家找有收音機的家庭，注意收聽。

伯父又開始在大廳裡踱步了。爸爸望著大廳正中央的祖先神位，一句話也沒說，空氣好凝重。

過了好一會兒，伯父才打破沉默說：「聽聽看吧，聽了再做打算。」

十五日上午，好像時間過得特別慢，伯父和爸爸都不停的在注意看時鐘，小惠也注意看。她很好奇，也很興奮，她等著要聽天皇說話，聲音一定跟普通人不同。因為在她心目中，天皇比神還要偉大、神聖，聲音當然神祕、奇特。

等啊等的，好不容易十二點整了。守在收音機前的伯父和爸爸比手勢，緊張的噓一聲，示意請圍著要收聽的鄰居安靜。隨即，天皇微弱無力的聲音一顫一顫的，從滿布雜音的收音機裡，斷斷續續播放出來。大家屏住呼吸靜聽，小惠也擠在人群裡豎起了耳朵。她只覺得，天皇的聲音跟普通人沒什麼兩樣，只是意外的沒精神和沒氣力。至於在說什麼呢？她當然聽不懂，只見伯父和爸爸聽著聽著，忽然四目對望起來。「有可能嗎？」爸爸驚叫。

「什麼、什麼？你們聽到什麼？」四周的人齊聲問。因為大家雖然圍著收音機，但因為雜音太多，聲音又小，沒有人聽清楚。

「我去打電話！」伯父霍的站起來，排開人群跑去打電話，大夥兒跟過去。

「喂，喂喂，守善，你聽到的是……噢，你也覺得奇怪……我以為我聽錯了，可是，明明是……好，你快去查證，我等你的電話！」

伯父打電話給臺北的弟弟。

「到底是怎麼回事？」有人急躁的問。

「等一等，等一等，等電話，我不敢確定。」伯父和小惠的爸爸走出大門去張望。街上靜悄悄，有幾戶人家跟丁家一樣，幾個大人探出頭來四處張望。望著、望著，視線都集中到派出所，那邊沒有半個警察的人影，小惠感到莫名的恐怖。

「鈴鈴鈴……」電話鈴聲像空襲警報，驚天動地響起來。

伯父撲過去接聽。

「是真的——日本投降了？真的無條件投降了？」伯父驚叫，放下電話，差點兒跟小惠的爸爸抱在一起，但四周的人全都楞住了。大家我看你，你看我，沒有人敢相信自己的耳朵。

「哇——」一聲，小惠哭起來，大人們卻不約而同的發出爆笑聲。「哭什麼呢？還不快笑！日本輸了，輸了！喲嗬——，萬歲——，臺灣人萬歲——萬萬歲——」每一個大人都像瘋了一樣，有人抱錯太太，有人抱錯孩子，大家都搶著要互擁互抱，要叫又要笑，還要喊臺灣人萬萬歲！

「我們戰敗，投降……大家為什麼高興？」小惠哭著抱住爸爸的大腿問。

「我們不是日本人，我們是臺灣人！」爸爸雙手抱住小惠，把她提起來轉圈圈：「小惠，我們贏了，日本投降，臺灣萬歲——」

伯父拍拍手，叫大家安靜。爸爸也幫他拍，但沒人聽到。兩人又吼又叫的拍了老半天，歡笑、亂叫聲才停止。伯父說：「大家聽著，美軍投給我們的傳單，告訴我們說，開羅會議已經決定，如果日本投降，臺灣要歸返中國，所以臺灣光復了！」

「嘩——」大夥兒拍手，又開始歡叫。不知什麼時候，丁家大門已經被鹿港鎮民圍得水泄不通。一群人拿臉盆當銅鑼，鏘啷鏘啷過一陣以後，帶頭的一人跨步站出來，用宏亮的聲音壓過喧鬧聲說：「咱們請守義舍出來，做咱們鹿港鎮的鎮長——」

「贊成——」

「好，好好好！對，對對對，請守義舍做咱們的鎮長。」

伯父在熱烈的掌聲中，站到丁家大門的門檻兒上，雙手作揖向大家謝了又謝，說：「好好，義不容辭。但請大家不要過分激動，我要告訴各位，日本雖然投降了，但是槍械和武器還在日本人手裡，請大家千——萬不要衝動，不要急著向日本人採取報復行動。那樣社會會大亂，太危險了。從現在開始，要做什麼都要先告訴我，我會找鎮上幾位老前輩，一起來做大家的顧問。大家肯合作，我才有辦法做臨時鎮長……」

「報告鎮長！」一位原本擔任「壯丁團」團長的叔叔大聲說：「我們不去打警察，但總可以把天后宮和龍山寺裡面的鑼鼓陣，搬出來熱鬧熱鬧吧？」

「可以，可以，當然可以！」伯父笑著答應。

不一會兒，全鹿港鎮充滿了鑼鼓聲。鏗鏗鏘鏘，咚隆隆、咚隆隆……自從皇民化運動後，被塵封多年的大鑼小鼓好像也在狂笑、狂叫。「萬歲──萬歲──」是臺語，不是日語。

小惠好像在作夢，「不可能的，絕對不可能！」她搖搖頭，想起校長和老師說的話：「聖戰打到死為止，日本人絕對不會投降，也絕對不會戰敗。」而且，她也聽過爸爸和媽媽的談話，說日本人的個性會自殺，不會投降。可是，眼前的景象，日本投降好像是真的，不是假的！

「就算它是真的吧，可是……為什麼我不是日本人？這，這……這到底是怎麼回事兒呢？不會是在作夢吧，日本投降？」小惠又搖了一次頭。

那天晚上，等大家的情緒稍微穩定下來以後，小惠的爸爸才給小惠解答「日本為什麼突然投降」的疑問。

爸爸說：「那是美國發明的原子彈促成的。我們這邊新聞被封鎖，所以美軍才用飛機撒傳單的方式，告訴我們臺灣人，說八月六日和九日，美軍以B29型轟炸機，載了新發明的原子彈，分別炸毀了日本的廣島和長崎兩處軍事重地，死亡和重傷不治的廣島居民多達七、八萬人，長崎也死了三、四萬人。所以，日本不能不馬上投降。如果不投降，日本國就會滅亡。傳單上並且告訴我們，前年（西元一九四三年）十二月一日，蔣介石、羅斯福、邱吉爾於開羅會議時，共同發表的宣言也決定，如果日本投降，臺灣和澎湖群島要歸還中國。」

「如果沒發明原子彈，日本是不是不會輸呢？」小惠問。

「不，『邪不勝正』。」爸爸說：「那是必定會輸的，只是時間會拖久一點。日本自己國土小，想用武力搶別人的土地，他們低估了我們的『精神武器』和美國的『科學武器』。中國大陸已經抗戰八年了，日本兵力、財力都快撐不住了，連民間的日用鐵器都強制徵收去改製武器，不是證明已經窮途末路了嗎？他們口口聲聲說『寧死不降』，是嘴硬，不然早就該認輸了。」

「原子彈是什麼樣的炸彈？威力那麼可怕？」小惠又問。

爸爸說：「這，以後再慢慢談吧！還有臺灣的歷史和中國五千年歷史……太多太多的事，爸爸沒辦法一下午全告訴你。現在最重要的，是趕快教你們學中文，文字是求知識的工具，會看書就什麼事都能知道了。改學中文要更用功喲！」「一定的！」小惠點頭。她想起曾經在伯父書房看過的那些漢文書，密密麻麻全是難寫的字，她的一顆心涼了一半：「以後，我還能常考一百分嗎？」

21 無政府的日子

顛顛倒倒，倒倒顛顛，什麼都倒過來了。一向被孩子們瞧不起的「文盲」阿公、阿嬤，一下子變成了教孩子們讀漢文的老師。一向作威作福，神氣驕傲的日本人全都躲起來。過去愛「修理」人的警察，現在怕被人「修理」。一向很少開口，不愛講話也不好管閒事的伯父，變成到處演講，每天忙進忙出的活躍鎮長。門口掛「國語之家」木牌的家庭，都自動把牌子拆下來，他們講臺語講得最大聲，唯恐別人聽不見。更奇怪的是，被稱為不愛國的思想犯芸姊，原來是最愛國的民族女英雄。一切都變了，小惠到處湊熱鬧，跑到公會堂聽伯父演講。

「現在日本人不管我們了。」伯父說：「不是不管，而是不敢管，也沒資格管我們了。所以，我們要自己管自己，不要讓日本人看扁了我們，說我們臺灣人奴隸根性。現在，我們要證明給他們看，讓他們知道沒有他們的苛政，我們會平平和和，自己人管理自己人，我們是能團結、能合作的，愛好和平的民族……」

小惠很驚訝，沒想到伯父這樣會演講。他站在鹿港公會堂的主席臺上，說話聲音宏亮，語氣慷慨激昂，一點也不輸他們學校的石島校長。而且，校長的聽眾是兒童，伯父的聽眾是成人，加上除了掌聲外，還有叫好的讚揚聲。小惠萬萬沒想到，伯父原來比石島校長還了不起呢！

「鎮長，國民政府的接收官員什麼時候才會來？」有人問。

「還不知道。所以，這段無政府的真空時間很重要，我們必須依靠自己的地方自治，維持社會秩序和大眾的安全。目前要做的是，學校教育要馬上恢復。首先，我們要先選出鎮上三個小學的校長，選出以後，馬上開始上課。至於治安嘛，就由原來的『壯丁團』和『女子青年團』負責，這兩個團體有組織，相信會為鎮民盡力……」

啪啪啪啪……掌聲打斷了伯父的話，壯丁團團長和女青年團團長，都站起來向大家揮手。掌聲不斷，整個會場一片激情。

伯父比比手，叫大家安靜，繼續大聲說：「各位都知道，在國民政府的接收官員未到之前，我們等於沒有政府。所以，所有為公家做事的人，都沒有辦法領薪水。大家做事都是義務性的，沒有報酬的，大家要支持他們，聽他們的話。希望我們鹿港鎮，不要給其他鄉鎮、其他地方的人看笑話……」

又是一陣掌聲，小惠站在會場外的走廊上，攀著窗臺左看右看，拍手的伯伯、叔叔們，都聽得很專注，神情都很開心。

「今天晚上，我已經邀了我們鎮上的醫生和仕紳們，以及各里的保正（里長），要在我家客廳開會，組織『臨時籌備會』，開始進行慶祝臺灣光復，以及歡迎祖國來接收的官員等活動的事務。此後，各家各戶有什麼問題，先請『保正』幫忙處理，無法處理的，就請『保正』帶他們到籌備會來處理。還有，最重要的是趕緊恢復農村的耕種，看什麼做法收成最快，就先種先收成，先讓大家有東西吃，才能辦其他的事……」

小惠聽著聽著，不由得想起故事書裡的國王。她想，「所謂『國王把他的國家治理得很好。』就是像伯父這樣吧！如果伯父是國王，那麼淑靜就是公主。而我呢？我是國王的弟弟的女兒，也算公主吧？」她自個兒陶醉在幻夢中的王宮裡，不覺心兒飄飄的，感覺自己鼻高三寸，一下子變尊貴起來了。

回家吧，看家裡又有什麼新鮮事！

小惠回到家，一腳剛跨進門，就聽到嬸婆在驚呼大叫：「白蟻，白蟻，全變成白蟻……」

嬸嬸也在叫：「小孩子不要圍過來，我煮開水來燙死牠們。」

原來，嬸婆從衣櫃下面的死角，拉出一箱她偷藏的漢文書，準備當課本教孩子們。沒想到，整箱古書變成了白蟻的蟻窩，她一邊撲打四處爬行的蟻群，一邊罵：「死日本仔，如果不是那次來焚書，這些書都放在書櫥裡，怎麼會藏在這種地方餵白蟻。」

「是你不會藏，我的藏在天花板上。」小惠的祖母得意的說：「上面乾燥，全箱好好的。雖然沒幾本，但正好派上用場，你們家孩子沒有書，來抄我們家的好了。」

祖母戴一副老花眼鏡，坐在天井石階上，大聲喊：「回來呀，快回來念書，白蟻有什麼好看！」她手上拿一本又黃又舊的線裝書，雙層的棉紙書頁，每頁只有幾個拇指大的黑墨毛筆字，但附有白描的可愛插圖。

一群小蘿蔔頭跑回祖母身邊，有的蹲、有的站，圍成圈兒跟著老人家念：「人有手，手有指，一手五指，兩手十指，能屈伸。」用臺語念書，孩子們覺得十分滑稽，因此一邊念、一邊笑，讀書比遊戲更有趣。

「這麼簡單，我念兩遍就會背了。」小惠不屑的說。

「好，那我考你，不是背，是默，默寫你會嗎？」小弟說：「明天早上祖母要考我們，看誰能考一百分！」

祖母罵小惠：「狂妄的丫頭，你不要以為漢字像『番仔字』（日本字）那麼簡單，容易學，少一撇、多一點就是錯字，用錯了是白字，你不認真學，以後免想考第一名，恐怕會落第（留級）喲！」

小惠一想，祖母說得沒錯。尤其五年級的她，跟著一群還沒入學的小弟弟、小妹妹們一起，同時從最簡單的幼兒讀本開始學，萬一五歲的小弟弟考一百分，而五年級的她沒考滿分，那多丟臉呀！不成為丁家大宅院的笑話才怪呢！「人有手，手有指……」小惠撿一小片紅磚碎片，在天井的花崗石石板地上，試著默寫，寫到最後「屈伸」兩個字，果然寫不出來，這下子，她不能不用功了。

在另一個天井，叔公搬一張椅子坐在大廳前廊，也在教他的寶貝孫子和他孫子的幾個同學：「人之初，性本善，性相近，習相遠，茍不教……」

小惠一聽，跟祖母教的不一樣。她好奇的跑過去探頭一看，「哇，密密麻麻，全是漢字，這怎麼學嘛！」她叫起來。

叔公提提眼鏡，抬起頭來說：「免緊張，先學背，會背了再學寫。三字一句，念起來很順口，我三歲就會背了。」

小惠跟著這群六年級的男生念：「苟不教，性乃遷，教之道，貴以專，昔孟母，擇鄰處……」她隨著大家一句一句，跟著叔公搖頭晃腦念下去。

「咦，好像在唱歌，挺好玩兒的！」小惠嘻嘻笑。

「不叫唱歌，叫誦讀。不要笑，快記熟！」叔公說著，解說「昔孟母，擇鄰處」六個字的意思，竟然講起故事來。他說：「這故事叫做『孟母三遷』……」大家聽得好高興。叔公說：「中國有五千年的歷史，故事多得讓你們活到一百歲也聽不完，你們只要努力用功背書，我每天講一個給你們聽……」

「好好好，那我加入你們這一邊，我不要上我祖母教的幼兒班。」小惠搶著說。

就這樣，在學校還沒有上軌道以前，小惠跟著堂哥和他的幾個要好同學，每天認真上叔公教的「三字經」課。

那天傍晚，水木老伯慌慌張張跑來叫小惠的爸爸：「快快快，我們老爺請您出去幫他勸架，街上有流氓在打警察。」

小惠跟著爸爸快步跑，原來大門外的街圍著一圈人。爸爸排開人潮擠進去，小惠鑽半天鑽不進去，她人矮，什麼也看不見，但聽得到有人喊繼續打，有人喊不要打了。一個粗漢的叫罵聲，夾雜著不堪入耳的臺語三字經，說那名狠毒的警察，曾經用木棍輾他跪地的小腿，害他骨折，變成跛子，他要那名警察賠他兩條腿。他的聲音好衝動、好氣憤，但聽不到警察的哭聲或回罵聲，只有一點微弱的呻吟聲。

「好了好了，沒看到他已經被你打得半死了，連回一下手也沒有，再打就要出人命了。」是伯父的聲音。

「以德報怨，以德報怨，」是小惠爸爸的聲音，「拿出我們大漢民族的大國風度。其實，壞的是他們的政府，他們的國策，警察是公務員，吃人家的『頭路』（職業）嘛……」

「好了好了，出了氣就好了，回去吧，走！」另一名壯漢的聲音。

一場風波也就過去了。可是，到了晚上，又有人告到伯父家客廳的「籌備會」來，說有人偷砍海濱路邊的防風林木麻黃。

小惠跟著丁家的大人小孩兒二三十人，全擠在籌備會大廳上面的二樓迴廊，從欄杆的空格探出頭，窺看著大廳裡即將進行的三個國小的校長選舉。因為小惠的爸爸很可能會當選，所以丁家人都興奮又緊張。

「早不來，晚不來，偏偏這個時候來。」小惠的媽媽嘀咕。

「把人帶進來！」伯父喊。看樣子，不能不先辦這個案子了。

原來是壯丁團的人在巡邏時抓到的偷木賊——漁村裡一對夫婦。

大廳裡的籌備委員們都搖頭。其中一位說：「今天上午我們鎮長才在公會堂演講時說過，說不要被日本人看衰（看扁），說我們奴隸根性，沒有人管，就亂來。」

「你們知道防風林是做什麼用的嗎？」伯父和和氣氣的說：「是為防止海風吹上陸，損傷農作物而種的。我們鹿港海風大是有名的，沒有防風林，附近的田地種不出東西，現在是生產農作物最最重要的關頭，你們這樣做，不是要害鎮民餓肚子嗎？」

「我們家沒柴燒，我們不知道那些木麻黃那麼重要。」漁夫說。

「帶他們到後院穀倉，送兩袋粗糠（稻殼，可以當柴燒）給他們。」伯父交代水木伯，再轉臉告訴那對夫婦說：「你們知道的，如果臺灣還在日本人手裡，你們這樣做，會被警察打得半死，恐怕還會被送進牢裡關起來呢！沒柴燒，可以去撿牛糞晒乾，或是乾稻草、破竹籠等，什麼都可以燒，就是不能燒防風林，知道嗎？」

「知道了，以後不敢了。」

籌備委員們看著那對夫婦走開的背影，都嘆息猛搖頭。其中一位忽然想到了什麼，說：「噢，對了，利用原來的『鄰組』聯絡網，請各位『保正』回去通知各戶，請大家自愛，不要毀損公物，不可以偷砍防風林。」

「好主意，好主意！」委員們都點頭。

坐在二樓迴廊上的叔公也在點頭。他自言自語的說：「包公辦案，辦得好！」他一邊吹水煙，一邊瞇瞇笑。

小惠不知道什麼叫「包公辦案」，但她沒時間問，因為她好緊張，樓下大廳已經在開始推選校長了。

三四十個委員一致認為，鎮上兩名正科班師範畢業，又很資深的男老師，是當然的人選。另一名雖然不是師範學校畢業，但很資深，漢文根基很好，所以也是理所當然的人選。問題是，哪位掌管哪個學校，那就得抽籤了。

小惠屏住呼吸，看爸爸從一個茶盤裡抓起一粒小紙團兒，打開一看，說：「第三國小。」

「萬歲——」小惠差一點兒沒叫出聲來，她從欄杆空格探出頭向爸爸揮手，爸爸剛好抬起頭來，但他不是對小惠笑，而是朝著另一個方向笑。小惠回頭，原來是媽媽抱著小妹妹，跟哥哥姊姊、弟弟妹妹全都站在一起，也在向爸爸揮手。小惠忙跑過去，一家人抱在一起，高興得只管笑，想不出該說什麼。

就在這個時候，石島校長慌慌張張跑進來說，有人在校園裡偷砍樹。

「我去處理！」抽到第一國小的蔡校長應一聲，霍的站起來，轉身跑了出去。

小惠的爸爸邀第二國小的校長，說：「我們也去巡視一下自己的學校。」說著，也跑出去了。

一天裡發生這麼多事兒，小惠閉著眼，躺在床上，聽到時鐘已經敲過十一下了，但她還睡不著。小惠開始數羊：「一隻羊，兩隻羊……三十隻羊……五十隻羊……」她知道，有一隻羊會把她帶入快樂的夢鄉裡。

22 慶祝光復

青天白日高高照　世界光明了
光明世界無煩惱　革命成功了
一切強權惡勢力　一切全打倒
人人平等無特權　快樂又逍遙

全臺灣的兒童都在唱這一首臺語歌，是學校老師教唱的。快板節奏，唱起來很有精神，尤其一邊踏步、一邊唱，腳步自然整齊。不知誰編、誰譜的，這首新歌容易唱，大人小孩都喜歡唱。大家一次又一次的練唱，唱熟了，要在十月二十五日臺灣光復節那天，遊行時邊走邊唱，還要一路高舉青天白日旗，大聲喊：「中華民國萬歲——」

所以，全鹿港家家戶戶都在忙著製作國旗。那是孩子們從學校帶回來的「家庭作業」——製作國旗，愈多愈好，因為要分給全鎮的鎮民。

「哎呀，好難塗啊，要留十二個白色三角，一不小心就塗過了線。」小惠正在塗青天白日國旗，那是老師用蠟紙在鋼板上刻畫好了，印在白紙上的白描國旗，發給小朋友帶回家塗顏色的。那天是星期天，丁家的小孩兒們全聚在自習室裡，認真做著國旗。

「爸，這麼難畫的中華民國國旗，到底是什麼意思呢？」小惠的二哥問。

「噢，不要嫌難畫！」爸爸詳詳細細說明國旗的涵義：「青色代表青天的廣闊無邊，象徵『自由』；白色代表白日的光明，象徵『平等』；紅色代表革命先烈的熱血，表示我們的國家，是由無數革命先烈犧牲生命，好不容易才建立的，它象徵『博愛』。整面國旗就是『自由、平等與博愛』的精神。」爸爸說得頭頭是道，但是孩子們一點兒也不懂。

爸爸看大家的迷惑表情，笑著說：「慢慢學，慢慢學。你們需要知道的事太多太多，真不知該從哪件事開始，先講給你們聽呢！」

「有沒有什麼好方法，塗得又快又均勻？」爸爸忽然把話一轉，問大家。他好像想到什麼好點子。

大家開始沉思起來，但是爸爸太興奮了，等不得孩子們想出好方法，便找厚紙板，描好了十二個尖角的白日，開始剪起來。「你們猜，我要做什麼？」

「讓我們用紙樣把白日的部分蓋起來，就可以放心的塗，不怕塗過線。」堂哥搶著說。

「嗯，這是好辦法。」爸爸笑著說：「還有沒有？還有更快、更好的辦法嗎？」

爸爸又等不及讓孩子們想了，他說：「看我變魔術吧！」於是，他開始準備道具紅墨水、藍墨水、一把舊牙刷，和一小片鐵絲網。他一樣一樣找了來，捲起袖管便開始表演。只見他把白日的紙板樣兒，放在一張白紙的左上角，另一張紙把國旗紅色的部分也遮起來，拿起牙刷蘸蘸藍墨水，便在鐵絲網上刷呀刷的，把噴出來的藍色水霧，噴灑到白日的紙板樣上面。

「呀，爸爸好聰明喲！」小惠拍手叫好，大夥兒也跟著拍手，跟著叫。

忽然，二哥說：「我去拿噴蚊子的噴霧器，噴起來更快。」

堂哥說：「咦，不要用噴的，拿棉花蘸墨水輕輕的壓，是不是也可以？」

爸爸激發出孩子們的創意，大家各自發揮，各自試驗自己想出來的好方法。大家專注的動著手，祖母探進頭來，「天啊！」她一聲慘叫，「看你們一個一個臉上、手上、衣服上面，全是墨水，衣服洗不掉的呀！」

「讓孩子們高興高興嘛！」爸爸說。他這才發現，自己的白襯衫也沾了墨水，大家笑，祖母也笑了。

學校恢復上課以後，日本老師不來了，剩下的臺籍老師人數不夠，所以臨時請了很多中學畢業以後賦閒在家的大哥哥、大姊姊們，到學校充當臨時教員，教小學生們畫圖、唱歌、跳舞和玩各種團體遊戲。正課要用的課本，只有算術課本還能用，不過也要改成臺語來念，來教學。國語課教的是漢文，但是年輕一輩的老師們跟小朋友一樣，都在從幼兒讀本開始學，所以是真正的「教學相長」，老師和小朋友常在課堂上爭論，誰的發音和聲調才正確。

教小惠那一班的級任林老師，常常很有自信的說：「我這樣發音，應該沒錯，因為那是小惠的爸爸丁校長教的。」

林明嬌卻說：「我的發音是我阿祖（祖父）教的，他說他是秀才。」

提到爸爸，小惠驕傲起來，因為爸爸是全鎮老師的老師。原來，那陣子老師們教書，都是現買現賣。每天下午學校提前放學，三個國小的老師全在公會堂集合，接受臨時惡補，由三位有漢文根基的校長，輪流上臺教老師們念臨時編寫的漢文教材。老師們學會了，第二天早上就到學校去教小朋友。三個國小從一年級到六年級，教的是同樣的統一教材。不過，低年級只會念和認字就可以，中、高年級則被要求也要會寫。

那些教材，是三位校長每天晚上在籌備會（伯父家的客廳）會合，共同擬稿編寫的。許多由日本童謠改編的歌，也是在籌備會，由幾位對音樂較有興趣的老師們，共同編、共同歌唱，唱熟了才到學校去教。伯父家有風琴，每天晚上，琴聲、歌聲、談話聲，喧騰得整個丁家大宅院熱鬧滾滾。

不只是晚上，白天街上熱鬧的事情也多著呢！孩子們最愛看的是，在各寺廟的廣場排演的各種民俗技藝，有舞獅舞龍，有踩高蹺，有耍刀比劍，也有抬神轎。除了排演人的吆喝聲之外，最熱鬧的，莫過於鏗鏗鏘鏘和咚隆隆的鑼鼓聲了，還有人在街頭建造華麗的大牌樓呢！孩子們在廟宇與廟宇之間跑過來，跑過去，這邊看看，那邊瞧瞧，看完，回到家，祖母和媽媽們也在忙得熱熱鬧鬧。小惠的祖母說：「光復節那天，我們家大門的門楣上要張燈結綵，趁天晴把綵布拿出來晒一晒，那麼多年沒用過，恐怕都發霉長蟲了。」

媽媽忙著在拆她一件唯一留下來的嫁妝衣裳，因為小惠要在光復節的慶祝晚會上表演扇子舞，老師說要穿中國式的女童裝，還叫小惠留長頭髮，說要梳左右兩個髮髻呢！

大伯母咔噠咔噠踩著縫紉機，她說：「大家都說光復節遊行的時候，芸芸應該佩戴『愛國女英雄』的彩帶，站在花車上遊街。不管她肯不肯，我得替她準備一件像樣的旗袍呀！」

芸姊跟淑清、淑貞和所有大哥哥們，全都在樓上伯父的書房裡學吟詩，他們跟朋友們，組織了中學生吟詩班，要在慶祝晚會上朗誦詩歌。晚會要在鎮上最大的第一戲院舉辦，大家都很認真排演，每個人都想露一手。

熱鬧中笑話層出不窮，有一天，小惠他們的林老師說：「我們昨天剛學了一句北京話，我的母親叫做『ㄨㄛˇ ㄇㄚˋ ㄇㄚˇ』。」

全班學生跟著她一次又一次的大聲念。隔壁班的李老師跑過來說：「不對不對，是『ㄨㄛˇ ㄇㄚ ˙ㄇㄚ』，不是『ㄨㄛˇ ㄇㄚˋ ㄇㄚˇ』。人家媽媽都是

『ㄅㄟ ㄘㄤ ㄘㄤ』（白蒼蒼）的，哪有『ㄨㄛ ㄇㄚˋ ㄇㄚˋ』（烏嘛嘛）的。」說完了，師生笑成一團。從那天起，兩位老師都有了綽號，李老師叫臺語的白蒼蒼，林老師叫臺語的烏嘛嘛，沒人稱她們的姓了。

白蒼蒼和烏嘛嘛兩位老師很要好，她們一起編舞，兩班合作，各挑出幾名會跳舞的學生練習扇子舞。

小惠是排在第一排正中央的主角，她練著練著，想起了川端老師，不禁鼻子酸起來。放學後，她邀林明嬌一起去探望川端老師。兩人一路唱著「青天白日」歌，蹦蹦跳跳走向老師家。半路上遇到市場邊吳外科的人力車，車上坐的是吳醫師，拉車的車夫，竟然是全校最兇的日籍男老師池田訓導主任。

小惠跟明嬌同時站住，驚訝得目瞪口呆，忘了行禮。「怎麼會是他呢？」兩人不相信的一直目送跑遠的車夫背影。「可憐呀，可憐，戰敗國的國民真可憐。」小惠說。

還沒到老師家，就遠遠的看見老師的公公在修剪門前兩棵矮樹。進了門，看見川端老師跪著在擦榻榻米，老師的寶寶在他奶奶懷裡睡覺。

「老師，對不起，您住的是警察宿舍，是禁區，所以一直沒來看您……」小惠低著頭說。

「我知道，我知道。」老師愛憐的摸摸小惠和明嬌的頭，含著淚說：「老師好想你們。」

「老師，我們可以幫您什麼忙嗎？」明嬌問。

「有，」老師說，「星期天帶我到鄉下，我拿棉被去換些玉蜀黍，煮熟了拿到市場去賣，我們一家人快沒飯吃了。」

「好哇，我們帶老師到許阿甘家，她家種很多玉蜀黍，我去過，我認得路。」明嬌說。因為那時候才下午四點多，所以說走就走，兩人帶老師到鄉下去了。

阿甘的爸爸人很好，看到老師帶去的一條日本棉被，很興奮的說：「我們家正缺棉被，這一條還這麼新，我可以換您四大籮玉蜀黍，分兩天挑去您家給您。」

阿甘教老師和小惠、明嬌，怎樣選、怎樣挑，挑出已經成熟的玉蜀黍，用手一折，就摘下來了。第一次學採玉蜀黍，小惠覺得很新鮮而一張臉笑嘻嘻，老師也好像忘了憂愁，同樣摘玉蜀黍摘得笑嘻嘻。

第二天放學時，小惠和明嬌都遠遠的看到老師在市場邊擺地攤，不自然的賣著熱騰騰的玉蜀黍。她們不敢上前去跟老師打招呼，因為她們覺得那樣會傷了老師的自尊，但又很想照顧老師的生意，向她買幾條。小惠說：「對了，我們不要自己去買，用我們的零用錢，差小嘍囉去幫我們買。」

明嬌說：「好主意，老師不認識我堂弟，我們差他去。」

就這樣，小惠跟明嬌把每天的零用錢，都拿去買玉蜀黍吃，而且隔幾天就去探望老師一次，每次都陪老師到鄉下換東西。

有一次，小惠看到老師在修補日式房的紙門，問她說：「老師，您不是說很快就要回日本了嗎？怎麼還補紙門呢？」

老師說：「就是快要走了，才要修補呀！」她笑一笑，繼續說：「日本有句俗語：『要飛走的鳥兒不留污。』就是『乾乾淨淨離開』的意思，有教養的人家都會遵守這句話。老師就把這句話送給你們兩位。」

「要飛走的鳥兒不留污。」兩人重複念了幾遍，告訴老師，已經銘記在心上了。老師依依不捨的送她們到門口，剛好看到街上有一隊「臺灣人日本兵」，剛從海外回來。小惠忙問老師：「師丈有沒有消息？」

老師說，還在等。不過，她相信丈夫還活著，日本兵會直接撤回日本，他們會在日本見面。小惠看老師很樂觀，也就放心了。

遠遠的，又有一隊海外回來的「臺灣人日本兵」走過來。去的時候，歡送他們的親友們舉的是日本國旗；回來時，去迎接的同樣那批人，舉的是中華民國國旗。迎接的親友們都好興奮，但回來的人卻表情凝重，因為很多人的手上捧著朋友的骨灰。接到骨灰的家庭，呼天搶地傳出哀號聲；看到親人回來的家庭就放鞭炮，傳出恭喜聲。整條街熱鬧滾滾，但不是有趣的熱鬧，而是幾家歡樂幾家愁的另一種熱鬧。

不知怎的，小惠突然悲從中來，她想起了默念「天照大御神樣保佑」的那段空襲的日子。

她趕緊唱歌：「青天白日高高照，世界光明了……」她要讓歌聲壓下由心底浮上來的悲哀，她要忘卻自稱「日本皇民」的愚昧、無知和可恥。

「光明世界無煩惱，革命成功了，一切強權惡勢力，一切全打倒。人人平等無特權，快樂又逍遙！」小惠繼續唱，白天唱，夜裡在睡夢中也唱。

＊

閱讀補充包

時代這樣改變，真好！

臺灣光復初期，人們對於「回歸祖國」以及「做自己的主人」，抱著期待與憧憬，小惠一家也是這樣。透過小惠的眼睛，我們更能理解那段歷史如何造成臺灣人在文化、語言、身分各方面的斷裂以及認同錯亂。

所幸今天的臺灣人，已經一點一滴找回自己的身分、語言和文化。

後記

嶺月

故事講完了。想想看，西元一九四〇年至四五年，短短五年時間，臺灣發生了多少奇奇怪怪的事？小惠道出了當時的小學生生活，及所受的畸型「精神教育」。

我所以投下許多時間與心力，認真寫這段故事，一方面希望能勾起老一輩臺灣人的童年回憶；一方面也希望當今孩子，能了解家中長輩小時候，經歷日本統治、國府接收，是怎樣受教育、怎樣長大的。

丁家六姊妹，
作者嶺月在這裡。

待續

戰爭結束，小惠的小學生涯也近尾聲了。這個活潑聰慧的鹿港少女，即將進入另一個成長階段！在動盪的時代裡，她能順利求學嗎？老師和課本所教的，能滿足她高昂的學習欲嗎？來自四面八方的新老師、新同學，將與她擦出何種火花，又會給她帶來怎樣的遭遇與挑戰呢？

國家圖書館出版品預行編目（CIP）資料

鹿港少女 . 1, 一年櫻班 開學了 / 嶺月作 ; 曹俊彥繪 . -- 初版 . -- 新北市 : 字畝文化出版 : 遠足文化發行 , 2020.05
面；　公分
ISBN 978-986-5505-18-9（平裝）
863.596　　109004381

XBSY0020

鹿港少女1：一年櫻班 開學了

作　　者｜嶺　月
繪　　者｜曹俊彥

字畝文化創意有限公司

社　　長｜馮季眉
責任編輯｜戴鈺娟
編　　輯｜陳心方、巫佳蓮
封面設計｜許紘維
內頁設計｜張簡至真

讀書共和國出版集團

社　　長｜郭重興　發行人｜曾大福
業務平臺總經理｜李雪麗　業務平臺副總經理｜李復民
實體通路暨直營網路書店組｜林詩富、陳志峰、郭文弘、賴佩瑜、王文賓、周宥騰
海外暨博客來組｜張鑫峰、林裴瑤、范光杰　特販組｜陳綺瑩、郭文龍
印務部｜江域平、黃禮賢、李孟儒

出　　版｜字畝文化創意有限公司
發　　行｜遠足文化事業股份有限公司
地　　址｜231 新北市新店區民權路 108-2 號 9 樓
電　　話｜(02)2218-1417
傳　　真｜(02)8667-1065
客服信箱｜service@bookrep.com.tw
網路書店｜www.bookrep.com.tw
團體訂購請洽業務部 (02)2218-1417 分機 1124

法律顧問｜華洋法律事務所　蘇文生律師
印製｜中原造像股份有限公司

2020年5月　初版一刷　定價：360元
2023年2月　初版六刷
ISBN 978-986-5505-18-9　書號：XBSY0020